나의 아버지

박판수

나의 아버지 박판수 1 (큰글씨책)

초판 1쇄 발행 2019년 4월 10일

지은이 안재성
펴낸이 강수걸
편집장 권경옥
펴낸곳 산지니
등록 2005년 2월 7일 제 333-3370000251002005000001호
주소 부산광역시 해운대구 수영강변대로 140 BCC 613호
전화 051-504-7070 | 팩스 051-507-7543
홈페이지 www.sanzinibook.com
전자우편 sanzini@sanzinibook.com
블로그 http://sanzinibook.tistory.com

ISBN   978-89-6545-588-2 04810
          978-89-6545-587-5 (세트)

* 책값은 뒤표지에 있습니다.
* 이 도서의 국립중앙도서관 출판예정도서목록(CIP)은 서지정보유통지원시스템
홈페이지(http://seoji.nl.go.kr)와 국가자료공동목록시스템(http://www.nl.go.kr/
kolisnet)에서 이용하실 수 있습니다.(CIP제어번호: CIP2019012100)

진주농고시절. 가운데 박판수

1939년 진주농고 시절. 박판수는 사진을 찍어도 언제나 한 가운데 대장처럼 찍었다.

기계체조대회인 비봉가대회에서 승리하고 앞줄 맨 가운데 우승컵 든 박판수

진주농고 시절 벗들과 함께.
뒷줄 한 가운데 박판수

진주농고 시절 벗과 함께. 외투 입은 이가 박판수

두 번째 석방되어 고문후유증으로
병사하기 얼마 전의 박판수

사천 고향집에서 가족과 함께.
앞줄 가운데가 하태연이다.
부자는 아니었으나 주변의
존경을 받는 화목한 가정이었다.

보통학교 시절
하태연

보통학교 시절.
앞줄 가운데 하태연

처녀시절 하태연.
오른쪽

첫 번째 석방되었을 때
막내 건과 함께 단란한 한때

노년의 하태연

나의 아버지
박판수

①

안재성 지음

산지니

| 차례 |

1권   서문 민족해방운동에 바친 가족사 • 13

         1. 첫 기억 • 19

         2. 동산리 종갓집 • 33

         3. 하태연 • 51

         4. 서하 시절 • 65

         5. 전쟁 • 83

         6. 입산 • 107

2권   7. 체포 • 7

         8. 흩어진 가족 • 25

         9. 끝나지 않은 전쟁 • 39

         10. 가족 • 53

         11. 출옥 • 71

         12. 재수감 • 87

         13. 마지막 열정 • 105

민족해방운동에 바친 가족사

이 책은 본래 2010년 부산의 시민단체인 '열사장학문화사업회'에서 제안한 부산지역 생존 빨치산에 대한 구술정리 작업의 일부로 시작되었다. 좌우 이념의 옳고 그름을 떠나, 해방 공간과 6·25전쟁이라는 격동의 시절을 최일선에서 온몸으로 겪은 빨치산 출신들의 경험을 기록함으로써 비어 있는 현대사의 한 부분을 채워놓자는 소박한 의도로 시작한 일이었다.

첫 번째 작업인 신불산 빨치산 출신 구연철 선생의 경우는 본인의 구술을 그대로 정리함으로써 무리 없이 진행되었다. 그런데 두 번째 대상인 하태연 선생이 85세로 연로한 데다 치매증세로 온전한 증언이 어렵게 되어 다른 방식을 찾아볼 수밖에 없었다. 하태연 선생의 남편인 고 박판수 선생이야말로 대표적인 경남지역 빨치산 지도자임이 확인되었다.

6·25전쟁이 터지기 전부터 지리산에서 빨치산 활동을 해온 박판수 선생은 생존한 빨치산 중 최고위급인 경남도당 북부지구당 위원장을 역임한 인물이다. 또한 두 차례에 걸쳐 24년 동안이나 감옥살이를 하면서도 자신의 신념을 꺾지 않고 비전향으로 석방된 후 통일운동에 전념하여 뜻을 같이한 동료와 후배들에게 크게 존경을 받던 사람이다. 하태연 선생 역시 빨치산과 통일운동으로 두 차례 옥살이를 하고 나와서도 병상에 눕기까지 누구보다 헌신적으로 통일운동에 몸 바쳐 지인들로부터 크게 존경을 받던 인물이다.

이념적으로 반대 입장에 있는 이들에게는 이 부부의 삶에서 존중할 만한 측면을 찾아내기 어려울 것이다. 그러나 이들이 어떠한 개인적 보상이나 안락도 바라지 않고 오로지 민족통일을 위해 모든 것을 바쳤다는 사실은 인정하지 않을 수 없으며 비록 그 방향이 서로 다를지라도 이들의 이타적인 헌신성과 불굴의 의지는 인정하지 않을 수 없으리라.

집필을 맡은 필자나 이 책의 발간을 추진한 '열사장학문화사업회' 역시 사상적인 측면에서 빨치산 출신들에게 동조한다기보다는 정치적인 신념을 위해 일생을 바친 이들의 인간적인 측면을 존중하여 이 일을 시작했다고 보는 게 옳으리라. 물론 더 중요한 것은 비극의 현대사 자체를 기록하자는 것이지 어느 한쪽의 사상을 찬양하거나 고무하기 위한 목적은 결코 아님을 미리 밝혀둔다.

이에 따라 박판수, 하태연 부부의 빨치산 활동을 하나의 책으로 묶기로 했다. 그러나 두 사람과 함께 산중생활을 했던 이들이 대부분 사망하여 증인이 남아 있지 않은 데다 빨치산활동의 특성상 기록이 거의 없어 두 사람의 행적을 추적하는 일 자체가 심각한 난항에 부딪히고 말았다.

아직 생존한 소수의 빨치산 출신들은 박판수 선생에 대한 깊은 애정과 존경심을 가지고 있어 작가가 더 풍부한 이야기를 조사해 충분히 써주기를 바라고 여러모로 도와주시려 애썼으나 본인들이 박판수, 하태연 부부와 직접 빨치산 활동을 한 분들이 아니다 보니 결정적인 도움은 되지 못했다.

이에 불가피하게 얼마 안 되는 재판기록과 단편적인 육필수기 등 수집 가능한 자료와 주변인의 증언을 토대로 간략한 생애사로 정리할 수밖에 없게 되었다. 빨치산통사나 경남도당사를 보충하여 분량을 늘릴 수는 있겠지만, 박판수 선생이 직접 관할한 경남도당 북부지구당에 직결된 이야기가 아닌 부분은 다루지 않았다. 이는 이 책이 빨치산 통사라기보다는 두 사람의 행적을 기록하려는 의도로 기획되었기 때문임을 이해해 주기 바란다.

이 일에는 박판수, 하태연 부부의 장녀로 태어나 어린 나이로 지리산에서 빨치산 생활을 함께 한 적이 있으며 이후로도 남북 이념대결의 고통을 함께 겪어온 박현희 씨의 노력이 큰 역할을 했다. 재판기록과 관련 자료를 찾아내고, 전국에 흩어진 여러 증언자를 면담하는 데 있어서도 박현희 씨의 도움은 결정적이었다. 또한 둘째 아들 박건 씨의 애정 어린 관심과 하태연 선생이 건강할 때 짬짬이 써놓은 짤막한 수기도 도움이 되었다.

집필에 있어서는 고인이 된 박판수 선생이나 자신의 의견을 개진할 수 없게 된 하태연 선생의 사상과 생애를 왜곡하거나 함부로 평가하지 않도록 최선을 다했다. 독자의 이해를 돕기 위해 시기별로 주요 사건을 간략하게 보충하는 이외에 빨치산 투쟁사나 6·25전쟁의 성격, 남북문제, 통일문제 등에 대한 필자의 견해나 감상, 등장인물에 대한 일체의 평가를 삼갔다.

이는 빨치산 출신들과 이념적, 정치적 견해가 다를 수 있는 필자의 임의적인 서술을 우려한 동료 빨치산 출신들의 강력한 요구 때문이었다. 필자로서도 그동안 출간한 여러 빨치산 관련 저술에 해당 작가의 주관이 개입됨으로써 생긴 문제점을 반복하지 않으려는 의미에서 이 요구를 흔쾌히 받아들였다.

결과적으로 이 책은 박판수, 하태연 부부의 빨치산 투쟁사라기보다는 그들의 가족사가 되었다. 이는 애초부터 자녀들의 요구이기도 했다. 동료 빨치산 출신들이 필자의 사상적인 시각 차이를 우려하자 처음부터 박판수 부부의 시각이 아닌 딸의 시각으로 서술해줄 것을 요청했던 것이다. 가족사 중심의 서술은 빨치산 활동에 대한 직접적인 자료와 증언 부족을 메워주는 효과를 가져왔다.

박판수, 하태연 부부를 감옥과 통일운동의 현장에서 만난 동료와 후배들에게는 두 사람의 빨치산 이야기가 충분치 않은 채 처음부터 끝까지 가족사로 서술된 점이 무척 아쉽겠지만, 이 책의 발간을 계기로 새로운 이야기가 수집된다면 다음 번 인쇄에 반영하여 최대한 두 사람의 이야기를 살리도록 노력하기로 약속했다. 널리 이해해주시기 바란다.

처음의 소박한 의도와는 달리 여러 모로 어렵게 만들어진 이 책을 위하여 성의 있는 증언은 물론 꼼꼼히 초고를 검토해주시고 현장답사와 자료를 제공해주신 여러 빨치산 출신 장기수 선생님께 깊이 감사를 드린다. 가족사라는 만족스럽지 못한 형태로 출간하게 된 점을 이해하고 용인해주신 점에 대해서도 깊이 감사를 드린다. 이념의 옳고 그름을 떠나 잊혀져 가는 민족사의 한 부분을 복원하기 위해 후원을 아끼지 않은 '열사문화장학사업회' 관계자들께도 깊은 감사를 드린다.

1.

첫

기

억

외동딸 박현희에게 부모님은 늘 그리움의 대상이었다. 서너 살 무렵의 생애 첫 기억도 아버지와 관련한 것이다. 아버지는 아침마다 가방을 들고 어디론가 나가셨다. 현희는 그때마다 따라가겠다고 울어댔다. 단정한 양복에 누런 가죽가방을 들고 문을 나설 때마다 아버지는 어린 딸을 안고 뺨을 비비며 달래주었다.

"현희야, 착하지. 울지 마라. 아버지 다녀올게."

아버지의 웃는 얼굴과 다정한 음성이 그녀가 생애 처음으로 기억하는 사람의 얼굴이요 목소리다.

엄마에 대한 기억도 이별에서부터 시작되었다. 검은 치마, 흰 저고리에 중발의 머리칼을 말아 올려 양머리를 한 엄마가 동생을 등에 업고 어디론가 나갈 때면 자기도 따라 가겠다고 목 놓아 울어댔다. 엄마는 차마 어린 딸을 떼어놓지 못하고 몇 걸음 가다가 되돌아와서 안아주기도 하고 먹을 것을 손에 쥐어주기도 했다. 하지만 딸을 달래지는 못했다.

다음 기억은 하얀 성당이다. 엄마와 함께 진주 남쪽 사천 외가에 머물던 한여름, 이른 아침이었다. 여섯 살 무렵이다. 이날 엄마는 평소와 달리 화사하게 반짝이는 비단 한복을 입었다. 두 아이도 새벽부터 깨워 씻기고 깨끗한 옷을 입혔다. 하나는 안고 하나는 걸려서 미명이 세상의 잠을 깨우는 새벽길을 얼마나 걸었을까, 어린 눈에도 꽤나 큰 마을이 나타났다. 경남 진양군 문산읍이었다.

문산성당은 마을 한쪽 남향받이 언덕에 있었다. 흰 벽에 뾰족한 종탑을 가진 아담한 시골 성당이었는데 어린 눈에는 엄청나게 커 보였다. 작은 개울을 가로지르는 다리를 건너 양편으로 초가가 늘어선 골목을 지나 성당 안으로 들어서니 똑같은 옷을 입은 사람들이 가득 차 있었다. 인민군이었다.

엄마가 용건을 말했을까, 소총을 멘 인민군이 안내하여 성당 뜰을 가로질러 성모마리아상 뒤에 있는 본당 건물로 올라갔다. 아버지는 성당 안 큰 의자에 앉아 인민군에 둘러싸여 무언가 회의를 하고 있었다. 아내와 아이들을 발견한 아버지는 벌떡 일어나 뛰어나오며 소리쳤다. 온 성당이 울리도록 우렁찬 음성이었다.

"우리 현희 많이 컸구나!"

달려온 아버지는 현희를 번쩍 안아 올리고는 공중에 둥둥 흔들며 좋아했다.

"아들도 좀 안아주세요."

지켜보던 엄마가 네 살짜리 동생 등을 떠밀며 말했다. 그제
야 아버지는 동생을 들어 흔들고 얼굴을 비비며 웃어댔다. 엄
마는 동생을 다독이며 말했다.

"준환아, 아버지야. 아버지 하고 불러봐."

갓난아이일 때 아버지와 헤어진 준환은 먹물 찍힌 것만 봐
도 아버지, 지나가는 청년만 봐도 아버지, 자전거만 봐도 아버
지 하며 아버지를 찾곤 했다. 그런데 막상 아버지를 보자 말도
제대로 못 배운 아이가 몸을 뒤로 빼며 말하는 것이었다.

"아버지 아니구만. 인민군이구만."

아버지는 군복도 입지 않았는데, 성당에 가득한 인민군과
아버지를 호위하는 두 병사를 보고 그렇게 말한 것이다.

"녀석 참 당돌하기도 하지!"

다들 호탕하게 웃었다. 현희는 아버지가 허리에 찬 권총이
신기해서 그 옆에 붙어 말똥말똥 쳐다보았다.

아버지가 돌아온 그날, 어디서 머무르고 잤는지도 기억나지
않는다. 하루 종일 미군비행기가 기러기 떼처럼 줄지어 날아
다니며 기관총을 쏴대고 폭탄을 떨어뜨린 기억만 난다. 그리
고 다음 날 꼭두새벽, 미군비행기가 뜨기 전에 길을 떠나 굽이
굽이 산길을 걸어 집으로 갔다. 할아버지와 큰아버지가 함께
사는 진양군 진성면 본가였다. 그녀의 집이기도 했다.

집에 도착해 보니 고모들도, 큰엄마도 모두 아래위로 하얀

치마저고리를 입고 있었다. 현희는 그제야 할머니가 돌아가셨다는 걸 알았다. 미군비행기가 날아다니며 움직이는 것은 모조리 쏘아댔기 때문에 낮 동안은 장례도 치를 수 없었다. 밤이 되자 일가친척이며 동네 사람들이 모여 장례준비를 하는데, 아저씨 한 분이 동구 밖에서부터 소리를 지르며 뛰어왔다. 아버지의 육촌동생이었다.

"형님이 오신다! 판수 형님이 오신다!"

진성 집은 산등성이가 둥글게 감고 있는 언덕바지에 있었다. 식구들이 뛰어나가니 저 아래쪽에서 총을 든 인민군 수십 명의 호위를 받으며 아버지가 걸어오고 있었다.

"우리 아버지가 대장이야!"

어린아이 눈에도 그렇게 멋져 보일 수가 없었다. 그때부터 현희의 머릿속에는, 우리 아버지는 대장이라는 생각이 각인되었다. 우리 아버지는 대장이고 나는 대장의 딸이라는 자부심이 이후의 고통스런 어린 시절을 지켜주었다.

마을 사람들의 열렬한 환영 속에 대문을 들어선 아버지는 마루에 오르자마자 할머니가 누우신 방으로 뛰어 들어가 목놓아 통곡하기 시작했다.

"어머니! 제가 왔습니다. 판수가 왔습니다, 어머니!"

언제나 당당하던 아버지가 우는 모습을 본 것은 그때가 처음이자 마지막이다. 엄마도 옆에 앉아 울고, 고모들도 울었다. 현희는 어른들이 그렇게 슬프게 우는 이유를 알지 못했다. 그

24

저 엄마와 아버지가 자기 앞에 함께 있다는 것만 좋았다.

하룻밤뿐이었다. 매장은 미군기의 폭격을 피해 밤중에 이루어졌다. 마을 사람과 친족들의 도움으로 매장을 마친 아버지는 새벽길을 따라 문산으로 돌아갔다. 올 때처럼 총 든 인민군이 호위했다. 엄마와 두 아이는 집에 남았다.

어린 현희는 무슨 일인지 몰랐지만, 이때부터 매일 동네 여자들이 집으로 찾아왔다. 여자들은 엄마랑 이야기를 나누고 무언가를 만들기도 했다. 위채에는 큰집 식구들이 살았고 아래채에는 현희의 가족이 살았다. 엄마는 어떤 날은 아랫마을에 내려가 일을 보느라 밤이 되어서야 돌아오곤 했다. 그런 날이면 현희가 따라가겠다고 울고불고하여 엄마를 난처하게 만들었다.

그러던 어느 날, 갑자기 엄마가 한밤중에 아이들 옷을 입히고 봇짐을 싸기 시작했다.

"엄마, 어디 가려고?"

"저 산으로, 아버지한테 가는 거다."

"아이 좋아라!"

아버지한테 간다는 말이 그리 좋을 수가 없었다. 어린 그녀에게는 아버지가 세상에서 제일 높은 사람이었다. 항상 인민군 호위병에 둘러싸여 있고 옆구리에는 권총을 찬 모습이 그리 자랑스러울 수가 없었다. 엄마를 따라 밤새 걷는 산길이 하나도 힘들지 않았다.

막상 산에 올라가서는 아버지의 얼굴을 거의 볼 수 없었다. 다른 피난민과 함께 산길을 걷고 걸어 도착한 곳은 지리산 자락 이름 모를 작은 마을이었다. 세 식구는 민가의 방 한 칸을 얻어 한동안 머물렀다. 거기서도 엄마는 매일 아줌마들과 모여 무슨 일인가를 했지만 집에서 멀리 벗어나지는 않았다. 엄마는 진성면 여맹위원장 일을 보고 있었으나 어린 그녀가 알 리 없었다.

마을 주변에는 시체가 널려 있었다. 끊임없는 폭격과 기총 소사로 죽음에 익숙해진 아이들은 시신을 두려워하지 않았다. 새로운 시체가 발견되면 몇몇이 몰려가 요모조모 살피며 구경했다. 흰 바지저고리를 입은 농부의 시신도 있었고 누런 가방을 들고 가다 죽은 양복차림의 시신이며 학생복 차림도 있었다. 아이들은 시체 주변에서 소꿉장난이나 술래잡기를 하며 놀았다.

얼마 지나지 않아 토벌대가 밀려오면서 세 식구는 더 이상 마을에 살 수 없게 되었다. 군인과 경찰로 이루어진 토벌대가 올라왔다 내려가면서 마을을 모조리 불태워 없애버렸기 때문이다. 엄마는 토벌대를 '개'라고 불렀다. 누런 군복을 입은 국방군은 '누렁개'라 부르고 검은 경찰복을 입은 경찰관은 '검정개'라고 불렀다. 아이들도 토벌대가 올라오면 옷 색깔을 보고 소리치며 달아났다.

"누렁개가 온다!"

"검정개가 온다!"

토벌대의 등살에 못 이겨 더 깊은 산중으로 올라가니 커다란 동굴이 있었다. 그곳이 지리산 최고봉인 천왕봉 아래 대원사 계곡이며 자연동굴이 아니라 숯막이라는 것은 나중에야 알았다. 피신해 온 사람 중 어린애는 둘뿐이었다. 더 이상은 마을 아이들도 볼 수 없게 되었다.

숯막도 안전하지는 않았다. 거의 날마다 토벌대가 밀려와 온 산을 이 잡듯 뒤지며 인민군과 총격전을 벌였다. 세 식구는 갈 곳이 없었다. 날씨는 빠르게 추워져 아침이면 하얗게 서리가 내리고 계곡물 가장자리에 살얼음이 얼었다. 위험해도 숯막을 버릴 수가 없었다. 날이 밝으면 산으로 도망쳤다가 저녁에 토벌대가 철수하면 다시 숯막에 숨어 들어가 잠자는 나날이 계속되었다.

아침이 와서 숯막에 햇살이 들어오면 엄마는 콩, 쌀을 볶은 것이나 소금 같은 걸 싸서 두 아이의 등에 묶어주고, 동생은 들쳐 업고 현희는 손을 잡고 산으로 피신을 갔다. 한참 산등성이를 올라 숲속에 숨어 있노라면 아래쪽에서 총소리며 포탄 터지는 소리가 들리기 시작했다. 시간이 지나면서 총성과 폭음은 점점 가까워지고, 엄마는 아이들을 이끌고 좀 더 안전한 곳을 찾아 옮겨야 했다.

사방에 그물처럼 펼쳐져 올라오는 토벌대를 피하다 보면 산꼭대기까지 도망쳐야 할 때도 있었다. 한번은 여러 사람과

함께 돌무더기가 깔리고 나무도 없는 정상 부근 가파른 벼랑
길을 걷다가 혼자 미끄러지고 말았다.

"엄마! 난 이제 죽었다!"

죽음을 너무나도 가까이 보고 살아온 여섯 살 계집아이였
다. 돌밭 위로 엉덩방아를 찧고 미끄러지면서도 제일 먼저 나
이제 죽었다는 소리가 나왔다.

"아악, 엄마야!"

비명을 지르며 미끄러지는데 작은 소나무 줄기에 가랑이가
걸렸다. 중심을 잃고 조금만 옆으로 기울어지면 그대로 추락
할 판이었다. 겁먹은 짐승처럼 흙바닥에 납작 엎드려 덜덜 떨
면서 소리쳤다.

"엄마 살려줘! 나 살아야 해!"

손 하나만 놓쳐도 그대로 벼랑 아래로 떨어질 판이었다. 워
낙 가팔라서 누가 구하러 내려와도 같이 미끄러져 죽게 생겼
다. 다급해진 어른들이 서로 손을 잡고 사람 띠를 만들어 그녀
가 있는 곳까지 내려와 구해주었다.

"고맙습니다. 살려주셔서 고맙습니다."

살아 올라와서 얼마나 여러 번 고개 숙여 인사했는지 모른
다. 유달리 영특하고 붙임성 있는 현희를 천재라고 부르며 귀
여워하던 어른들은 아이가 살아난 데 크게 안도하며 기뻐서
안아주고 어루만져주었다.

죽음은 너무나 가까이 있었다. 하루는 숯막으로 돌아가지

못하고 숲속에서 자는데 무언가 엄마 손을 밟고 지나갔다. 묵직하면서도 부드러운 게 사람의 발은 아니었다. 놀라 눈을 뜬 엄마 옆으로 호랑이처럼 보이는 커다란 짐승이 어슬렁어슬렁 지나가고 있었다. 사방에 시신이 널려 배가 불렀던지 옆에 잠든 어린아이도 거들떠보지 않고 지나가는 산짐승을 엄마는 넋이 빠져 바라보았다.

숯막에서 잘 때면 한밤중에 혼자 오줌을 누러 나가곤 했는데 바로 앞 숲속에 커다란 개처럼 보이는 짐승들이 두 눈을 파랗게 빛내며 어슬렁거리곤 했다. 늑대였다. 늑대도 배가 불렀는지, 어린애 혼자 오줌을 누는데도 와서 물지 않았다. 늑대가 무서운 짐승이라는 것조차 모르는 그녀 역시 늑대들을 빤히 쳐다보며 오줌을 누었다.

토벌대는 살아 움직이는 인간은 다 쏘아 죽이려는 것 같았다. 한번은 밀려오는 토벌대를 피해 대원사 계곡을 건너는데 뒤따라 온 토벌대가 총도 들지 않은 여자와 아이들뿐인 일행을 향해 계속 총질을 해댔다. 거칠게 흘러내리는 계곡을 건너는데 사방으로 총탄이 날아와 하얗게 포말을 튕겨댔다.

"엄마야, 오늘은 죽는 날이다. 엄마야, 아무래도 오늘은 우리 죽을 것 같다."

그녀는 엄마 손을 꼭 잡고 깊은 물을 헤쳐 나가며 계속 외쳤다.

"엄마, 내 손 놓지 마라. 손 놓으면 난 죽는다. 엄마야, 나 살아야 해. 엄마야……."

무사히 개천을 건너 숲속에 숨어서 엄마는 두 아이를 숨도 못 쉬게 꽉 끌어안고 울었다.

총탄이 날아올 때면 겁먹고 살려달라고 했지만 총성이 멀어지면 이내 어린애로 돌아갔다. 어린 준환이는 멀리서 총성이 들리면 계곡에서 주운 길쭉한 돌멩이를 권총처럼 쳐들고 소리 나는 곳을 겨냥해 쏘는 시늉을 하며 놀았다.

"개놈들아, 내 총 받아라! 땅야! 땅야!"

토벌대가 물러가고 가마솥에 보리쌀 끓는 것처럼 자글자글 울리던 총성도 멎은 저녁이면 두 아이는 신이 나서 노래를 부르며 숯막으로 돌아왔다. 오누이가 제일 좋아한 노래는 '김일성 장군의 노래'였다. '빨치산의 노래'와 '스탈린 대원수의 노래'도 애창곡이었다. 한 번 들은 가사와 곡조는 잊어버리지도 않았다. 잘 놀고 잘 까부는 오누이는 어른들의 사랑을 듬뿍 받았다. 어른들은 두 아이를 꼬마 빨치산이라고 부르며 귀여워했다. 이동할 때면 뒤쳐지지 않도록 챙겨주었다.

"꼬마 빨치산, 빨리 와!"

"꼬마 빨치산, 안 다쳤나?"

어른들이 불러주는 소리가 그렇게 좋았다. 어른들은 상황이 다급해지면 누구라도 두 아이를 안고 업고 험한 산중을 뛰어다녔다. 극심한 포격으로 흩어졌다가 다시 만날 때면 다들 '우리 천재 살았구나.' 하며 머리를 쓰다듬고 목마를 태워주었다.

안겨 보지 않은 어른이 없었다. 나중에 엄마한테 들은 이야기지만, 그중에는 지리산 빨치산의 최고지도자 이현상도 있었다. 유별나게 아이를 좋아한 이현상은 진양군당을 찾아오는 날이면 두 오누이를 양쪽 무릎에 올려놓고 놓아줄 줄을 몰랐다. 이현상은 엄마에게, 자신도 현희와 비슷한 나이의 딸이 있다고 말하며, 유달리 현희를 예뻐했다.

힘겨운 산 생활이 어린 그녀에게는 힘들기보다 좋은 기억으로 남았다. 무엇보다도 집에서는 동생만 업고 나다니던 엄마가 항상 옆에 있는 게 좋았다. 엄마 손을 잡고 숲을 달리노라면 악마처럼 뒤쫓아 오는 총소리의 공포도 잊었다. 따뜻한 엄마 손을 잡고 있다는 것만 행복했다. 이리저리 숨는 것도 재미있기만 했다. 바위틈이나 대나무 숲에 숨어들어 기침 소리도 못 내게 엄마가 손바닥으로 입을 꼭 막고 있는 것도 좋았다.

산 생활을 하는 동안 아버지는 거의 만날 수 없었다. 어쩌다 만날 때면 아버지는 엄마한테 당장 산을 내려가라고 야단쳤다. 아이들 생명이 위험할 뿐만 아니라 주변 사람들에게 짐이 된다고 생각했기 때문이다. 현희는 아버지가 엄마에게 내려가라고 호되게 나무라는 장면을 생생하게 기억했다.

박현희는 나중에 커서 '그때 엄마가 아버지 말을 듣지 않는 바람에 온 가족이 이 고생을 하게 되었다'고 불평하기도 했다. 하지만 인민군도 후퇴하지 못해 빨치산이 될 수밖에 없던 상황에서 아이 둘을 데리고 장대한 태백산맥을 넘어 이북까지 올라가기란 사실상 불가능했다. 어쩌면 그때 엄마가 고집스럽게 남편을 지켰기 때문에 말년에나마 온 가족이 함께 보낼 수 있었는지 모른다.

남편과 아이들을 너무나 사랑했던 엄마는 어느 한쪽도 놓고 싶지 않았다. 엄마는 숯막에 빗물이 들어올 때면 자기는 물이 척척한 바닥에 눕고 아이들은 배 위에 올려 자게 하는 사람이었다. 하지만 결국 남편 뜻에 따라 더 이상 다른 동지들에게 짐이 되지 않도록 산에서 내려왔다. 아이들을 안전한 곳에 맡기고 자신은 다시 올라가 남편과 함께 싸울 생각이었다. 그러나 하산한 지 며칠도 안 되어 엄마는 체포되고 말았다.

엄마의 체포와 함께 긴 이별의 시간이 시작되었다. 엄마는 8년 동안 감옥살이를 해야 했고, 이듬해 체포된 아버지는 두 차례에 걸쳐 24년의 긴 감옥살이를 해야만 했다. 아버지는 처음 석방되고 8년 동안 재수감을 피해 대부분의 시간을 집 밖에서 숨어 지냈다. 두 번째 석방되고 곧바로 병을 얻어 5년 만에 돌아가셨다. 다섯 식구가 평온한 마음으로 함께 살았던 시간은 불과 몇 년에 불과했다. 그래서 더 가족 간의 사랑과 그리움이 깊었는지도 모른다. 빨치산의 가족이 이 땅에서 겪을 수밖에 없는 숙명이었다.

2.

동산리 종갓집

경남 진주에서 부산 방면으로 삼십 리쯤 떨어진 동산리는 첩첩이 산으로 둘러싸인 가운데 넓은 들을 가진 마을이다. 일제는 예로부터 내려오던 동산리라는 지명을 중촌리로 바꿔버렸으나 사람들은 여전히 동산리라고 불렀다. 해방되고 수십 년이 지난 근래에는 법적으로도 동산리라는 지명을 되찾았다.

동산리에서도 함양 박씨 종가가 자리 잡은 975번지는 들어오는 입구만 빼고 빙 둘러 야산으로 둘러싸인 동향 언덕이다. 박씨들은 용이 똬리를 틀고 있는 형상이라는 이곳에 자리 잡고 살면서 언덕 아래 들판에 꽤 넓은 경작지를 가지고 있었다.

신라시대 박제상의 후손으로 알려진 함양 박씨네는 수백 년간 이곳에 자리 잡고 살아온 전통 깊은 양반가문으로, 인근의 가난한 농민에 비하면 비교적 여유 있게 살아온 편이었다. 그러나 1910년 일본의 식민지 지배가 시작되어 자본주의가 유입되면서 세상은 변해갔다. 일본의 신분제도에 따라 양반과

상민의 신분제도는 법적으로 유지되었지만, 이제는 종도 하인도 돈이 있어야 부릴 수 있는 시대가 되었다. 자본주의의 발전과 함께 돈 주고 사야 할 소비품은 나날이 늘어나고 전래의 서당 대신 학교가 생겨 비싼 학비를 내지 않으면 사람대접을 받기 어려운 시대가 되면서, 농사에만 의존하던 전통적 양반가문은 빠르게 몰락하기 시작했다.

1918년 9월 10일, 아들 하나에 딸만 다섯이던 종갓집에 둘째이자 막내인 아들이 태어났을 때만 해도 아직은 꽤 잘 살던 시절이었다. 어머니 정하녀는 근동에 널리 알려진 미인이었고, 둘째 아들 역시 얼굴선이 곱고 눈도 귀도 큼직하니 잘생긴 귀골이었다.

아버지 박도원은 막내가 될 아들의 이름을 박판수라 지었다. 본래 집안의 돌림자가 따로 있어 큰아들은 '윤' 자를 넣어 봉윤이라 지었는데 자꾸 딸이 나오니까 돌림자를 쓰지 않고 판수라고 지은 것이다. 물 '수' 변이 들어간 '판' 자를 쓴 것은 오래 오래 살라는 뜻이었다. 할아버지는 함양 박씨 29대손의 탄생을 축하하기 위해 큰 잔치를 베풀었다.

온 집안의 사랑을 독차지하고 자라난 박판수는 어려서부터 기가 끓어 넘쳤다. 크지도 작지도 않은 몸매에 목소리는 기운 찼고 행동은 날랬다. 사진 한 장 찍기도 어려운 시절이라 다른 아이들은 사진을 찍을 때면 한껏 얌전한 자세를 취했으나 박판수는 당당히 어깨를 펴고 주머니에 손을 넣거나 교모를 벗는 등 자유로운 자세로 찍었다.

박판수가 일본을 증오하게 된 결정적인 사건은 열 살도 안 되던 어린 시절에 일어났다. 박씨 집성촌에는 마을 사람들이 모두 큰 어른으로 받들어 모시는 유학자가 한 사람 있었다. 박태형이었다. 고려 말 중국에서 주자학을 들여온 유학자 중 한 명의 후손으로 알려진 박씨 집안은 장유유서와 군사부일체 같은 유교적 법도에 엄격했다. 어린아이들은 집안의 큰 어른이자 스승인 박태형의 그림자도 밟지 않았다.

어느 날, 무슨 일인지 긴 칼을 철거덕거리며 말을 타고 온 일본인 순사들이 박태형의 집에 들이닥쳤다. 순사들은 온 마을 사람들이 지켜보는 앞에서 박태형을 끌어내 말에 묶어 끌고 갔다. 집안의 정신적인 지도자가 일개 말단 순사들에게 굴욕스럽게 끌려가는 광경을 지켜보면서도 마을 사람들은 한마디 저항도 못하였다.

어린 박판수에게 이 사건은 큰 충격이었다. 일본의 식민지라 해도 농촌에서는 일본인을 볼 기회도 거의 없고 직접 고통을 당할 일도 별로 없었다. 그런데 이 사건은 조선인이 어떤 처지에 놓여 있는가를 여실히 보여주었다. 조선의 지배계급으로서 손에 흙 하나 안 묻히고 품위를 지키며 살아가던 양반이 얼마나 무기력하고 보잘것없는 존재인지 가르쳐주었다. 일본인은 나쁜 놈이라는 인식이 박판수의 뇌리에 철두철미하게 박혀버렸고, 동시에 조선인 상민에게 큰소리치며 살아가는 양반의 무능함에 대해 인식하는 계기가 되었다.

일제의 식민지 지배가 아니더라도, 농경사회의 몰락과 산업사회의 도래는 양반이라는 신분과 그 유교적 덕목을 더는 존중받지 못하게 만들고 있었다. 일제는 유학자들이 운영하는 재래식 서당이나 조선인 애국자들이 돈을 모아 세운 신식학교는 강제로 폐쇄하고 자신들이 세운 보통학교만을 학력으로 인정했다. 양반이든 상민이든 돈만 있으면 누구나 학교에 다녀서 출세할 수 있었다.

유교에 뿌리를 둔 양반 선비들은 일제의 신식교육을 치욕으로 받아들였다. 조선의 가장 중요한 전통 가운데 하나인 긴 머리를 빡빡 깎고 긴 칼을 쩔그럭거리며 게다짝을 끌고 다니는 왜놈 밑에 들어가 공부하는 것은 용납할 수 없는 일이었다. 더구나 진성면 일대에서 가장 완고한 양반가문 함양 박씨 문중 아니던가. 이런 집안에서 신식교육을 받는 일은 있을 수 없었다.

처음으로 문중의 금기를 깬 사람은 박판수의 형 박봉윤이었다. 섬나라 왜놈에게 무참히 나라를 빼앗긴 양반의 고루함과 무능함에 일찍부터 반발해 신학문의 필요성을 절감한 박봉윤은 이웃동네 지수면 성내리에 사는 부잣집 구씨네 아들 등의 친구들과 학교에 다니기로 뜻을 모았다. 하지만 대종손이 머리를 빡빡 미는 일은 절대 용납되지 않았다. 집안 어른들의 극렬한 반대에 부딪힌 박봉윤과 친구들은 스스로 상투를 자르고 머리를 깎은 다음 마을 뒷산을 넘어 진주로 달아나 학교에 가려 했으나 기어이 잡혀오고 말았다. 가출에 실패한 박봉윤은 문중회의에 회부되어 호되게 야단을 맞았다.

박판수가 오늘날의 초등학교인 보통학교에 들어간 것은 나이 차가 많은 형 박봉윤의 영향이 절대적이었다. 박판수 역시 집안 어른들의 반대에 부딪혔으나 이미 성인이 되어 발언권이 세진 박봉윤의 강력한 후원으로 진성읍에 있는 사봉보통학교에 들어갈 수 있었다. 머리가 좋고 쾌활한 박판수는 보통학교 내내 우등생으로 한 몸에 인기를 얻었다.

1934년 보통학교를 마친 후에는 진주에 있는 진주공립농업학교에 입학했다. 진주, 진양 일대에서 일류고로 대우받던 학교로, 경남 일대에서는 집안 괜찮고 머리 좋은 학생이 다 모인다는 곳이었다. 이 학교의 명칭은 이후 여러 차례 변경되다가 최근에는 경남과학기술대학교가 되었다.

군국주의 일본은 학교도 군대식으로 운영했다. 학교 건물부터가 군대 막사 같았다. 농업학교도 똑같이 생긴 격자창이 수십 개나 나란히 늘어선 일층짜리 목조건물에 군사훈련을 할 수 있도록 넓은 잔디밭을 두었다. 교사 뒤편에는 높다란 철탑을 세우고 종을 달았으며 교정에도 같은 형태의 국기게양대를 세워 흰 바탕에 붉은 원이 그려진 일장기를 늘 펄럭거리게 하였다.

학생들은 일본군처럼 발목부터 종아리까지 꽉 조이는 각반을 차고 목까지 조이는 교복에 챙이 달린 둥근 모자를 썼다. 선생들도 대개 군복을 물들인 것 같은 검정색 양복에 검은 중절모를 쓰고 다녔다. 그나마 일제 초기에는 군복에 긴 칼을 차고 다니다가 박판수가 태어난 이듬해에 일어난 3·1운동 이후 소위 문화정치가 시작되면서 사복으로 바뀌었는데, 다리에는 여전히 군인처럼 각반을 차야 했다.

일제강점기 후반에는 대부분의 면소재지에 보통학교가 생겼으나 박판수가 입학할 때만 해도 학교와 교사가 절대 부족했다. 보통학교에 들어가기 위해서도 시험을 보아야 하는 시절이었다. 보통학교를 나온 이도 만나기 힘들었을뿐더러, 오늘의 중고등학교를 합친 것과 같은 고등보통학교를 나오면 면직원이나 사무직원은 물론, 학교선생으로 가기도 어렵지 않았다. 경남 서부지방의 명문인 진주농업학교만 졸업하면 안정된 삶은 보장되어 있었다.

박판수는 농업학교에 들어가면서 결혼을 하게 되었다. 겨우 16세 나이에, 본인의 뜻과는 상관없이 이루어진 구식 중매결혼이었다. 상대는 진주 금곡면 면장을 하는 정참봉의 무남독녀 정말려였다. 박판수보다 세 살이 더 많은 19세 처녀였다.

일제에 강점되기 직전, 몰락하던 조선왕조는 지방 토호들에게 참봉이라는 벼슬을 무더기로 하사했다. 공식적인 참봉의 임무는 왕실의 묘를 관리하는 것이었지만, 가끔 관아에 출석해 얼굴만 비추는 정도로 크게 할 일 없는 벼슬이었다. 조선을 점령한 일본 역시 현지인의 협력을 끌어내기 위해 지역유지와 유대를 중시해 참봉들을 면장이나 읍장에 임명했다. 박판수의 장인이 된 정참봉 또한 근동 제일의 부자였는데, 자의 반, 타의 반으로 면장이 되었다. 돈은 있으나 자손이 귀한 집안이었다. 정참봉은 아들을 보기 위해 첩을 여럿 들였다고 알려졌으나 본댁에서 겨우 딸 하나를 낳았는데 그 딸과 박판수의 혼인이 성사된 것이다.

박판수는 처음부터 결혼할 의사가 없었을뿐더러 면장이라면 의레 친일파일 것으로 짐작하고 그 딸이라 해서 아내 될 사람을 만나보기도 전부터 싫어했다. 본인들의 의지를 무시하고 양가의 결정으로 이루어지는 구식 결혼풍습에 대한 저항이기도 했다. 박판수는 '몰락하는 양반집에서 자신을 부잣집에 팔아먹었다'고 친구들에게 불평하기도 했다.

결혼을 해도 곧바로 함께 살지 않고 1년은 따로 살던 풍습이 남아 있던 시절이었다. 박판수는 결혼은 했다지만 실제 결혼생활은 하지 않고 다른 친구들과 다름없이 활달한 학창시절을 보냈다.

박판수는 공부도 잘할뿐더러 특히 웅변에 탁월했다. 우렁찬 음성에 자신감 넘치는 연설은 일품이었다. 웅변대회에서 여러 차례 일등상을 타기도 했다. 체육에도 뛰어나서 4학년 때인 1937년 5월에는 기계체조 대회인 '비봉가대회'에 나가 최우수상을 받았다. 이 공로로 60여 명 체조반원을 대표해 최우

수상 트로피를 들고 기념사진을 찍기도 했다.

낭만도 즐겼는데, 방학 때는 동기생 8명이 자전거를 타고 한 달 동안 전국일주를 하기도 했다. 자전거가 귀하고 비싼 시절이었다. 다들 부잣집 아이들이라 자전거가 있었는데 박판수는 그럴 처지가 못 되었다. 자전거포에서 한 대 빌려 예비바퀴 하나 달고 먹을거리 등을 싣고 전국을 누볐다.

당시의 자전거포는 오늘의 자동차 정비공장이나 같았다. 거기서 일하는 비슷한 나이의 강동근과 사귀어 자전거를 빌리기도 하고 축구공을 때우기도 했다. 강동근은 곱고 예의 바른 아이라고 그를 무척 좋아했다.

하지만 박판수의 마음은 공부 잘해 출세하는 데 머물지 않았다. 일본인 밑에서 농업기술을 배우던 그의 가슴속에는 늘 일본에 대한 적개심이 들끓고 있었다. 기계체조로 상을 받던 해, 박판수는 반일 학생운동 조직에 가담해 진주공립농업학교의 책임자가 되었다.

반일 학생조직은 몰래 모여 일본을 비판하는 학습을 하며 몇 차례나 동맹휴업을 일으켰다. 경찰에 쫓기면 자전거포 강동근을 찾아가 몸을 숨겼는데 박판수가 세 번이나 몸을 숨기러 오자 강동근은 박판수를 '스트라이크 대장'이라고 부르며 좋아했다. 이런 일을 통해 강동근도 항일운동에 뛰어들게 되고 해방 후에는 빨치산 활동을 하게 된다.

학생들은 몇 차례나 작은 싸움을 일으킨 끝에 조선인을 멸

시하는 일본인 교장을 몰아내기 위하여 대규모 시위를 벌였다. 주동자는 전원 퇴학당할 위기에 처했다. 그러자 관련 학생들은 하나같이 학교와 경찰의 압박에 못 이겨 반성문을 쓰고 일왕에게 충성을 맹세해 용서를 받았는데 박판수만 끝까지 압력에 불복하여 퇴학당하고 말았다.

퇴학당한 박판수는 학교 교무실로 교장을 찾아가 강력히 항의하는 소동을 일으켰다. 놀란 교장은 겁을 먹어 출근도 못하고 숨어서 경찰에 도움을 요청했다. 경찰은 동산리 집으로 박판수를 찾아 나섰다.

"박판수 어디 있소?"

아버지 박도원은 경찰이 몰려오자 놀라서 아들이 집에 없다고 둘러댔다. 그러나 방 안에서 소리를 듣고 있던 박판수는 벌컥 문을 열고 형사들 앞으로 뛰어 나와 소리쳤다.

"박판수 여기 있소. 왜 그러시오?"

형사들은 박판수에게 교장이 겁먹고 출근도 못하고 있으니 화해하고 용서를 구하라고 권했다. 그러나 박판수는 당당히 소리쳤다.

"나를 잡아가려면 잡아가시오! 그래도 나는 끝까지 그놈의 일본인 교장을 가만두지 않겠소!"

형사들이 잡아가려는 것을 부모가 사정해 겨우 무마시키기는 하였으나 박판수는 끝내 퇴학 처리되고 말았다.

불가피하게 학교를 나오게 되었으나 박판수는 공부를 더

하고 싶었다. 출세를 위해서가 아니라, 세상을 깨우칠 인문사회학을 공부하고 싶었다. 공부를 하려면 일본으로 가야 했다. 일본제국주의는 증오했지만 동양에서 인문학이나 사회과학을 제대로 공부할 수 있는 나라는 일본밖에 없었다. 일본인 중에도 진보적인 지식인들은 조선과 중국에 사회주의 사상을 퍼뜨리는 견인차 역할을 하였다. 항일의식을 가진 많은 조선인 청년이 일본으로 건너가 공부하였다. 박판수도 오로지 새로운 사상에 대한 열망으로 일본행을 결심했다.

일본으로 건너가 공부하려면 면장의 보증이 필요했다. 박판수는 어쩔 수 없이 장인의 도움을 받아야 했다. 정참봉의 보증으로 무사히 일본에 건너간 그는 일본의 옛 수도인 경도, 즉 교토의 동지사고등학교에 입학했다.

장인에게 돈까지 받은 것은 아니었다. 학비는 집에서 보내왔으나 용돈은 부족했다. 교토에 살던 둘째 누님 집에 얹혀살면서 신문배달과 날품팔이로 용돈을 벌어가며 학교에 다녔다. 그러나 얼마 다니지도 못하고 또다시 퇴학을 당하였다.

동지사고등학교는 기독교단에서 운영하는 보수적인 학교였다. 일본 왕이 교토를 방문하자 학교 측은 전교생을 환영식에 동원했는데 박판수는 고의로 이를 거부하고 출석하지 않았다. 또 지역주민과 학생들이 모인 행사에, 초대도 받지 않았는데 연단으로 뛰어 올라가, 참석한 일본인들에게 조선인을 핍박하지 말라고 일장연설을 하여 일본인들까지 박수를 치는 사건을 일으켰다. 당연히 퇴학이었다.

이번에는 동경으로 건너가 일본대학 정치경제과에 입학했다. 동경과 교토는 꽤 먼 거리였다. 이 무렵 아내 정말려도 일본에 건너갔으나 박판수가 함께 살기를 거부했기 때문에 동경으로 가지는 못하고 교토에서 자신의 어머니와 함께 살고 있었다. 처음에는 친일파의 딸이라고 미워했으나 시간이 지나면서 조금씩 정이 든 박판수는 가끔 교토의 아내에게 들르곤 했다.

일본에 유학 온 조선인은 다수가 친일파나 부유한 지주의 자식들이었다. 조국의 운명 따위는 그들에게 관심사가 아니었다. 박판수처럼 강제로 구식결혼을 한 본처를 고향에 놔두고 신여성이라 불리던 지식인 여성과 연애를 하거나 일본문화에 빠져 흥청망청 사는 이들이 많았다. 하지만 일본은 조국을 생각하는 젊은이들에게 좋은 배움터가 되었다.

동경에는 저명한 일본인 사회주의자들이 여럿 활동하고 있었다. 조선인 유학생 중에도 이들의 영향을 받아 사회주의혁명 사상을 받아들인 이들이 꽤 있었다. 제국주의 침략전쟁 시절의 사회주의자들에게 제일의 적은 제국주의였다. 사회주의자는 제국주의에 반대하는 항일투사가 되기 마련이었다. 박판수도 여러 사회주의자들을 만나 마르크스의 경제이론이며 레닌의 제국주의론 등을 배우면서 사회주의 혁명이야말로 조선을 해방시킬 유일한 길이라고 확신하게 되었다. 이미 어려서부터 철두철미 반일정신을 갖고 있던 박판수에게 일본유학 시절은 일본을 쳐부수기 위한 구체적인 공부를 하는 기간이었다. 일본이 그에게 반일운동을 가르친 셈이었다.

국내에는 대학생이 귀하던 시절이었다. 일본유학생이라면 순사나 헌병들도 조심스럽게 대했다. 일본 유학생들은 고향에 올 때도 사각모에 검정 교복을 입었다. 유학생활 중 방학을 맞아 집에 온 박판수도 대학생 교복에 사각모를 쓰고 있었다.

박판수가 귀향하자 종갓집 대식구는 물론 마을 사람들까지 장차 마을의 지도자가 될 인물을 보기 위해 몰려나왔다. 그런데 박판수가 집으로 가기 전 마을 입구에 있는 하인 집으로 불쑥 들어가더니 정중하게 잘 다녀왔다고 존댓말로 인사를 올리는 것이었다. 계급을 철폐하고 만민이 평등한 새 세상을 만들어야 한다는 신념을 몸으로 직접 보여준 것이다.

일제의 호적제도로 보나 인습으로 보나 아직까지 신분의 귀천이 존재하던 시절이었다. 아무리 나이가 많은 노인이라도 하인 신분이면 누구에게나 허리를 구부려 인사를 해야 했고 양반집 아이들은 어렸을 때부터 하인에게 반말을 쓰도록 가르침을 받았다. 그런데 종갓집 둘째 아들이 늙은 하인에게 정중한 자세와 존댓말로 귀향인사를 했으니 난리가 나지 않을 수 없었다.

집안 어른들은 박판수의 행동을 법도 없는 짓이라고 크게 나무랐다. 그러나 박판수는 전혀 반성하지 않고 오히려 어른들에게 모든 인간은 평등하며 똑같이 대접받아야 한다고 강변했다. 선조의 재산은 대대로 장남에게만 상속되던 시절이었다. 그가 만이로 태어났다면 전 재산을 하인과 소작인들에게 나눠주었을 것이다. 실제로 여운형 등 당대 사회주의자들이 재산을 그렇게 나눠주는 일이 드물지 않던 시절이었다. 함양 박씨 가문의 둘째 아들이 늙은 하인에게 인사한 이야기는 인근에 널리 퍼져나갔다.

집에 머무는 동안 작은 사건이 벌어졌다. 읍내 이발소에서 무슨 일인지 일본인들이 기물을 부수고 조선인들에게 행패를 부린 것이다. 조선인들이 억울하게 매를 맞고 수모를 당했음에도 일본인들은 아무런 제재도 받지 않았다. 분개한 박판수는 일본대학 교복에 사각모를 쓰고 주재소를 찾아갔다. 사각모를 쓰고 간 것은 일본인들도 사각모를 쓴 사람에게는 함부로 대하지 못했기 때문이다. 높은 자에게 약하고 낮은 사람에게 강한 것이 일본인이었다. 박판수는 일본순사들의 오금이 저리도록 쩌렁쩌렁한 목소리로 민족차별을 질타하고 시정을 요구했다. 순사들이 그 요구를 얼마나 반영했는지는 알 수 없으나 이 일로 박판수는 근동에 더 유명해졌다.

교토까지 따라와 살던 아내 정말려가 임신한 것은 1941년 말이었다. 이 무렵에는 박판수도 아내에게 예전과 달리 따뜻한 정을 느끼고 있었다. 아이는 이듬해 8월에 태어났다. 아들이었다. 박판수는 몹시 기뻐하며 아내의 노고를 위로했다.

그러나 아이의 탄생이 큰 불행을 불러올 줄은 몰랐다. 부유한 정참봉 내외는 출산을 앞둔 귀한 딸에게 비싼 인삼과 녹용을 잔뜩 달여 먹였다. 그런데 그것이 화가 되었는지 아니면 다른 문제였는지, 산모가 출산 직후부터 열병을 앓기 시작하였다. 열이 올라 정신을 놓은 산모는 출산 일주일 만에 숨이 끊어지고 말았다. 젖을 먹지 못한 아들 역시 일주일을 버티지 못하였다.

아내의 죽음을 목도한 박판수는 눈물을 흘리며 안타까워했다. 나중에 결혼하는 두 번째 아내 하태연에게는 말하지 못했지만, 친한 사람들에게는 갑자기 죽은 아내가 너무나 불쌍하고 안타까워 견딜 수 없었다고 고백하기도 했다. 아버지가 부자라는 이유로 아무 죄 없는 아내를 박대한 자신이 후회스럽고, 그 죄책감으로 오랫동안 괴로워했다. 제대로 행복할 시간도 없이 끝나버린 첫 결혼의 상처는 오래도록 남아서, 훗날 감옥에서 석방되었을 때도 아내 모르게 첫 아내의 무덤을 찾아가 위로하였다.

동경 생활도 오래가지 못했다. 아내의 죽음이 준 충격 외에도 날이 갈수록 심해지는 군국주의 지배는 그를 더는 일본 땅에서 버틸 수 없게 만들었다.

1931년 중국 땅 만주를 점령해 식민지 만주국을 세운 일본은 1937년부터 중국 본토를 공격해 들어가는 한편, 1941년 12월 7일에는 미국 진주만을 선전포고도 없이 기습해 본격적으로 2차 세계대전에 뛰어들었다.

독점자본의 식민지 수탈을 위해 벌어진 제국주의 전쟁의 희생양은 일본 민중과 조선인, 그리고 만주의 중국인이었다. 수많은 조선인이 전쟁터에 끌려가 총알받이가 되고 군수공장과 탄광에서 강제노동으로 죽어갔다. 만주의 중국인도 무수히 탄광에 끌려와 인간 이하의 혹독한 노동조건에 시달리다 죽어갔다.

전쟁 초기만 해도 일본인 젊은이는 누구나 강제 징집당한 데 비해 조선인은 애국심을 가질 수 없는 식민지인이라 해서 지원하는 사람만 받아들였다. 이에 따라 일제에 영혼을 팔아먹은 서정주, 김활란, 이광수 등 저명한 문인과 지식인들이 앞을 다투어 젊은이들에게 일본군에 자원하라는 글을 쓰고 선동 연설을 하고 다녔다.

진주만 기습으로 전선이 급속히 넓어지고 사상자가 폭증하면서 절대적으로 군사력이 부족해지자 일제는 조선인과 일본인은 하나의 국민이라는 내선일체 논리를 내세워 무차별 강제징병을 시작했다. 고등학생과 대학생은 학병이라는 이름으로 끌려갔고 나이 든 이는 군수공장으로 끌려갔다. 젊은 여자는 근로정신대라는 이름으로 일본군의 성노리개 아니면 공장 노동자로 끌어갔다. 동경의 박판수도 언제 끌려가 총알받이가 될지 알 수 없었다.

아내가 죽은 이듬해인 1943년, 박판수는 일제의 징병을 벗어나기 위해 조선 땅으로 돌아왔다. 상황은 조선도 마찬가지였으나 최소한 집안의 도움을 받을 수 있다는 판단이었을 것이다. 다른 한편으로는 국제정세로 보아 일본의 패망이 멀지 않았다고 판단하고 해방에 대비해 건국을 준비하는 대열에 합류하기 위해서이기도 했다.

부모는 귀향한 그에게 곧바로 재혼을 권했다. 결혼을 하면 징병이나 징용에서 빠질 명분이 된다고 보아서였다. 비록 딸은 죽었어도 여전히 사위를 아꼈던 정참봉 내외는 그가 조선으로 돌아온 후에도 박판수의 부모와 친밀한 관계를 유지하고 있었다. 정참봉의 부인도 가끔 동산리에 찾아와 재혼을 권유했다.

전처의 장인, 장모까지 나서서 추진한 결혼은 빠르게 성사되었다. 상대는 진주에서 남쪽으로 삼십 리 떨어진 사천군 사남면 죽천리에 사는 선비 하종헌의 외동딸 하태연이었다.

3.

하태연

하종헌은 개화된 유학자였다. 훤칠한 키에 이목구비가 뚜렷하니 잘생긴 그는 일찍 상투를 자르고 잘 빗어 넘긴 머리에 검정 두루마기를 입고 다녔다. 두루마기 목 부위를 두른 하얀 동정은 늘 다림질되어 있었고, 발목에 맨 대님 아래 구두는 항상 깨끗하게 반짝거렸다. 나이가 들면서 하얗게 센 수염으로 더 품위 있어 보였다.

남해바다에서 십 리쯤 떨어진 사천읍 신작로 변에 살던 하종헌의 집은 박씨네만큼 넓은 농토는 없어도 그렇다고 궁색한 살림은 아니었다. 하종헌은 유학자들과 어울려 한시와 고사성어를 나누고 세상을 걱정하는 선비로 평생을 살았다. 자신의 옳고 그름에는 엄격하면서도 타인에 대해서는 너그럽고 따뜻한 성품을 가져 누구에게나 인생에 도움이 되는 충고를 해주었다. 근동에는 박애주의자로 널리 알려졌다.

이 점잖고 학식 높은 선비에게 유일한 불행이 있다면 자식

복이 없다는 것이었다. 아내 강석순과의 사이에 11명이나 되는 자녀를 낳았으나 그중 8명이 어려서 죽고 말았다. 매사에 열심이라 늘 깔끔한 생활을 유지하는 부부에게 잇단 아이들의 죽음은 위생 상태나 질병만으로는 해석할 수 없는 일이었다.

하종헌은 아직도 상투에 큰 갓을 쓰고 다니는 고루한 유림에 비하면 개화가 되었다지만 주역을 믿고 사주팔자를 믿는 한학자였다. 그는 자녀의 잇단 죽음을 천지신명의 뜻으로밖에 이해할 수 없었다.

두려운 것은 위로 두 아들과 딸 하나만을 남기고 모두 다시 데려가 버린 천지신명의 뜻이 어디서 끝날까 하는 것이었다. 남은 세 자식까지 불운을 당하게 되지나 않을까 늘 걱정에 사로잡혀 있었다. 특히 계란형 고운 얼굴에 맑은 피부, 큰 키가 자신을 꼭 빼닮은 막내딸 태연에게 나쁜 일이 생기지 않을까 전전긍긍했다.

어떻게 하면 더 이상 자녀들에게 불행이 닥치지 않을까 노심초사하던 하종헌은 무당의 충고와 자신의 음양학적 지식을 모두 모아 결론을 내렸다. 일찌감치 막내 태연을 재취 자리에 시집보내자는 것이었다. 나쁜 운을 액땜으로 막아보자는 뜻이었다. 하태연은 범띠로 1926년 음력 5월 12일, 양력으로는 6월 12일 새벽에 출생하였다. 범이 새벽에 나왔으니 정상적으로 시집을 보내면 곧바로 죽는다는 해석이었다. 화는 화로 막아야 한다는 결론을 내린 하종헌은 처음부터 재취 자리를 찾

54

아 나섰다.

재취 결혼이란 이제 겨우 17세 꽃다운 나이의 당사자에게는 수치스럽고 치욕적인 결정이었다. 그러나 주변 한학자들은 하종헌의 절박한 심정을 십분 이해했다. 하종헌이 동료학자들의 모임에서 이러한 뜻을 밝히자 모두 찬동했을뿐더러 서로 좋은 자리를 찾아주려고 나섰다.

한학자들 사이에 유력하게 떠오른 인물이 동산면 함양 박씨네 둘째 아들 박판수였다. 한 번 결혼을 했다지만 자식도 없이 아내가 죽었고 나이도 아직 25세인 데다 동경 유학까지 다녀와 씩씩하고 똑똑한 젊은이라는 세평이 하종헌을 흡족하게 했다. 하루라도 빨리 결혼을 시켜 징병과 징용에서 빼내려고 중매쟁이를 보채던 박씨 집안에서야 두말할 것도 없이 찬성이었다. 결혼은 막힘없이 추진되었다.

하태연은 경제적으로나 가정적으로나 남부럽지 않게 자라난 처녀였다. 여자로서는 드물게 보통학교도 졸업했다. 남자라도 웬만큼 잘 사는 집 자식이 아니면 학교에 갈 수 없던 시절이었다. 더구나 아직도 여자는 배워서는 안 된다는 봉건사상이 지배적인 탓에 부잣집 딸이라도 일자무식인 경우가 많았다. 여자애가 보통학교에 다니는 일은 희귀했다. 하태연이 다닌 학교는 한 반이 60명이었는데 여학생은 11명뿐이었다. 그녀가 학교에 다닐 수 있었던 것은 유학자라도 개화된 아버지 덕분이었다. 하종헌은 두 아들도 일본에서 공부시켰는데 작은 아들 하치양은 이 무렵 오사카에서 공업전문학교에 재학 중이었다.

신기하게도, 하태연은 혼담을 쉽게 받아들였다. 아버지가 가져온 박판수의 사진을 보더니 아무 말 없이 빙그레 웃음으로써 수락의사를 밝혔다. 그리고 얼마 후 좋은 가마 한 대가 나타났다. 어른들이 다 출타하고 빈집을 지키던 하태연은 이내 박씨 집안에서 온 가마라는 걸 알아채고는 얼른 방에 들어갔다.

박판수의 어머니 정하녀는 달이 안 떠도 환하다는 소리를 듣는 미인이었다. 거기에 호롱불을 안 켜도 된다는 화사한 비단 한복을 입으면 우아한 기품이 절로 주변을 밝혔다. 하태연이 방문 틈으로 내다보니 지금까지 본 적 없는 아름다운 귀부인이 가마에서 내려 사립문을 흔들었다. 조심스레 나가서 맞이하고 고개를 숙이니 귀부인은 소녀의 얼굴이며 옷매무새를 꼼꼼히 살펴보았다. 몇 마디 주고받은 다음 귀부인은 흡족한 표정으로 돌아갔다.

한 달 후에는 박판수가 형 박봉윤과 함께 하태연의 집을 찾았다. 하태연은 방문을 열어놓고 방 안에서 책을 읽고 있었다. 결혼하기 전에는 신랑신부가 서로 얼굴도 못 보는 게 구식결혼의 규범이라 두 형제는 안으로 들어오지도 못하고 담장 너머에서 펄쩍 펄쩍 뛰어 집 안을 살펴보았다. 하태연은 모르는 척 계속 책만 읽었다.

육십 리 먼 길을 걸어 집에 돌아간 박판수는 궁금해하는 어머니에게 웃으며 말했다.

"이마에서 뒤통수로 넘어가려면 도시락을 싸 가지고 한 번 쉬었다 가야겠습디다."

앞짱구 뒤짱구라고 놀리는 말이었으나 싫다는 소리는 없었다. 내심 마음에 든 것을 그리 표현한 것이다. 혼인은 성사되었다.

하종헌은 딸의 결혼을 위해 값비싼 삼층장을 장만해주었다. 아름다운 삼단 옷장인데, 남방에서 수입한 자단으로 만든 것이었다. 자단은 장미처럼 붉은 기운이 도는 데다 장미 향기가 난다고 해서 장미목이라고도 했다. 보통 여자들은 해 가기 어려운 사치스런 혼수품이었다.

결혼하면 1년을 친정에서 묵는 관습에 따라 그대로 집에 머물던 하태연은 이듬해인 1944년 봄이 되어서야 동산리 박씨 집으로 들어가 살림을 시작했다. 신랑 나이 26세, 신부 나이 18세였다. 박판수의 누나들은 다 시집가고 형의 가족과 부모님만 살고 있었다. 아끼고 아끼던 외동딸을 시집보낸 하종헌은 바다 근처에서 자라난 딸이 좋아하던 문어를 사다 주곤 하며 자식의 행복을 빌었다.

막상 결혼을 하고 보니 부부는 의식수준이 너무 달랐다. 전쟁이 막바지로 치닫던 이 무렵, 학교에서는 일본과 조선이 하나라는 내선일체, 동양인은 단결해 서양인과 맞서야 한다는 대동아단결론밖에 배우는 게 없었다. 시골에 살면서 신문조차 거의 접해볼 일 없는 조선인은 독립운동을 하는 사람을 만나 보기는커녕 근동에 그런 사람이 있다는 소문조차 들어보지 못한 이들이 대부분이었다. 일제의 지배 아래 태어나 온전히 그 밑에서 자라난 젊은 세대는 더했다.

조선인의 민족정신을 없애는 제일의 방법을 언어말살이라고 본 일제는 학생들에게 카드를 열 장씩 나눠준 후 한 마디라도 조선말을 쓰면 상대방 학생이 카드를 빼앗도록 했다. 욕도 일본어로 해야 했고 깜짝 놀라 무의식중에 '엄마!' 하고 소리쳐도 카드를 뺏겼다. 카드를 다 뺏긴 아이는 크게 혼나는 반면, 카드를 많이 모은 학생은 상을 받았다. 아이들은 할 말이 있어도 실수할까봐 입을 다물고 한 마디를 뱉을 때도 조심스러워 쉬는 시간에도 교실이 조용할 지경이었다.

아이들은 미국과 영국을 물리쳐야 한다는 말을 하도 많이 듣고 살아서, 어떻게든 이 전쟁에서 일본이 승리해야 한다는 생각이 뇌리에 박혀 있었다. 갈수록 전세가 악화하는 막바지까지도 일제는 이를 숨기고 대대적으로 승전하고 있다는 거짓보도만 하니 더욱 그러하였다. 어른들조차도 조선이 일본을 도와 전쟁에서 이기면 조선인을 일본인과 동등하게 대우해준다는 선전에 속아 넘어가고 있었다.

혼인 무렵의 하태연 역시 조선이 독립하기 위해서라도 일본이 전쟁에서 이겨야 한다는 생각을 하는 수준이었다. 이런 그녀에게 자본주의 체제 자체를 무너뜨려야 한다는 사회주의 사상은 혼자 공부해서 이해할 수 있는 수준이 아니었다. 하태연이 신혼방에 들어가 보니 살림이라고는 자신이 사 간 장미목 삼층장 외에는 책밖에 없는데 하나같이 자본론이니 정치경제학 같은 사회주의 이론서들이었다. 원래 독서를 좋아하고 공부하고 싶은 욕구도 강한 하태연이었으나 보통학교밖에 나오지 못한 그녀로서는 도저히 이해하기 어려운 책들이었다. 남편이 권하니까 마음먹고 읽어보려 해도 재미가 없어 책장이 넘어가지 않았다.

검정고시 제도가 있을 때였다. 박판수는 어린 아내가 사회주의 사상을 제대로 이해하려면 학식이 많아야 한다고 생각해 우선 검정고시 공부를 하도록 했다. 박판수는 과목별로 가르친 다음 숙제를 잔뜩 내어 뒷동산에 데려다놓고 숙제를 다 하면 내려오라고 했다. 공부머리가 좋았던 하태연은 금방 숙제를 끝내고 내려오면서 진달래꽃이며 들꽃을 한 아름 꺾어 오곤 했다. 며느리가 집안일은 안 하고 공부한다고 산에 올라갔다가 진달래를 꺾어 올 때면 시어머니 정하녀는 기가 막혀 멍하니 쳐다보았다. 친정집에 갈 때는 의문이 나거나 모르는 공부거리를 적어 가서 오빠들에게 배워 왔다.

박판수는 아내의 무지를 타박하지 않았다. 이해 못 하는 걸 당연하게 받아들이고 자기 사상을 전파하려고 크게 애쓰지도 않았다. 무식하다고 무시하는 일도 없었다. 양반집 법도대로, 나이가 여덟 살이나 어린 아내에게 함부로 말을 놓지도 않았다. 여보라거나 당신이라는 단어를 사용하지 않고도 대화는 이루어졌다. 꼭 불러야 할 때면 '여보시오', '여봐요' 식으로 불렀다. 이때의 버릇으로 박판수는 죽을 때까지 하태연을 여보라고 부른 적이 없었다.

공부를 좋아하는 것은 박씨 집안의 가풍이었다. 박판수의 형과 누나들도 하나같이 글을 좋아했는데, 큰며느리인 박판수의 형수도 남편을 뛰어넘는 문장가라고 칭송받을 정도로 한학에 조예가 깊었다. 명절이나 제사 같은 집안의 큰일이 있어 며느리와 딸들이 모이는 날이면 다들 고운 한복을 입고 앉아서 각자 한지에 축문이며 한시를 써 서로 경쟁하며 읽어주고 노는 모습이 우아하기까지 했다.

억척스럽게 농사일을 하는 어머니만 보아온 하태연은 명절날 여자들이 한시를 주고받으며 노는 모습이 신기하기도 하고 부럽기도 했다. 처음 시집왔을 때는, 이렇게 놀고먹기만 하니 이 집안은 곧 망하고 말 거라는 생각까지 들었다. 하지만 이런 분위기 때문에 그녀는 시집온 이래 기본적인 집안일 외에는 공부를 할 수가 있었다. 집에는 길쌈이니 다듬이질이니 늘 여자들이 해야 할 일이 있기 마련이라 공부만 하고 있으면 동서에게 미안했는데, 도무지 남의 눈치를 보지 않는 박판수는 아내에게 공부만 하도록 강권했다. 덕분에 그녀는 중학교 졸업 검정고시에 쉽게 합격할 수 있었다.

항일의식으로 똘똘 뭉친 남편과 살을 맞대고 살다 보니 자연히 일본에 대한 적개심을 갖게 되었다. 더구나 얼마 후 오사카에서 공업전문학교에 다니던 작은오빠 하치양이 교내 항일지하조직에 가담했다가 다른 조선인 학생 6명과 함께 체포되어 조선으로 이송되는 사건이 생겼다. 징역 3년 형을 선고받고 대구형무소에 수감된 하치양은 하태연에게 각별한 오빠였다. 하태연은 오빠가 석방되기 위해서라도 조선이 독립을 해야 한다는 염원을 가지게 되었다.

1945년 1월 8일 두 사람 사이에 첫아이가 출생했다. 딸이었다. 손이 귀한 집안에 아들 하나 나오기를 고대하던 시집 어른과 친정 부모는 퍽 실망스러워했으나 남녀평등을 주장하는 사회주의자 박판수는 기쁘기만 했다. 딸의 이름은 현희로 지었다. 원래 박판수는 조선의 꽃이란 뜻으로 선화라 부르기를 원했는데 집안 어른인 면장이 너무 강한 이름이라고 반대하며 현희라는 이름을 지어준 것이다.

전쟁이 막바지로 치달으면서 대부분의 조선인은 하루하루 연명하기도 어려워졌다. 일제는 식량이란 식량은 전부 군수용으로 공출하고도 모자라 숟가락, 솥뚜껑까지 총알 제조용으로 빼앗아 갔다. 심지어는 산에 들어가 소나무에서 송진까지 채취해 오도록 했다. 땅이 아무리 많은 사람이라도 일단 소출을 다 빼앗기고 배급을 받아야 했는데 쌀 대신 만주에서 들어온 콩이며 옥수수를 나눠주기 일쑤였다. 그 와중에도 앞장서 친일하는 자들은 별 아쉬움 없이 살았지만 박씨네처럼 소작인에 의존해 살던 전통 지주들은 소작료마저 받지 못하고 공출만 당해 생전 겪어보지 못한 빈궁을 겪어야 했다.

그래도 나름대로 행복한 시간이었다. 박판수는 갓 태어난 딸을 너무나 예뻐했다. 그런데 딸을 들여다보고 있노라면 딸보다도 더 아름다운 아내의 얼굴이 먼저 다가왔다. 그는 훗날 갓난아이를 안고 있는 19세 아리따운 아내를 보고 있노라면 스르르 넋이 빠져버렸다고 회상하곤 했다.

하지만 집에 머물다가는 언제 징병을 당해 남의 나라를 침략하는 전쟁에서 총알받이가 될지 몰랐다. 박판수는 갈수록 극악해지는 일제의 막바지 징병을 피해 함양군 서하면으로 갔다. 전시체제가 강화되면서 보통학교는 국민학교로, 고등보통학교는 중학교로 명칭이 바뀌어 있을 때였다. 서하국민학교에는 친척 박호윤이 교편을 잡고 있었다. 진보적인 민족주의자로 아직 총각이던 박호윤은 반갑게 박판수를 맞이해 함께 살게 되었다.

함양군은 진양군에서 보자면 북쪽으로 굽이굽이 이백 리가 넘는 먼 곳이었다. 자리 잘 잡았다는 전보라도 보내오면 좋으련만, 한 번 떠난 남편은 봄이 가고 여름이 다 지나도록 소식이 없었다.

박판수가 돌아온 것은 1945년 8월 10일, 무더위가 한창일 때였다. 그는 서하국민학교에 임시교사로 취직이 되었다며 집에 오자마자 함께 돌아갈 길을 서둘렀다. 학교 사택을 얻었다고 했다. 돌도 안 지난 딸을 안고 길을 떠난 것은 8월 15일 아침이었다.

대중교통 수단이 드물 때였다. 큰 도시 사이나 목탄으로 움직이는 버스가 다닐 뿐, 농촌 지역은 다들 걸어 다니거나 운이 좋으면 화물차 짐칸을 얻어 탔다. 갓난아이 때문에 걸어가기 어려웠던 차에 마침 함양으로 향하는 화물차를 얻어 탈 수 있었다.

세 식구가 짐을 가득 실은 화물차 맨 꼭대기에 앉아 흙먼지 날리는 신작로를 달려 함양군에 들어섰을 때였다. 목적지인 서하면을 얼마 앞두고 수동면 사근리를 지나는데 많은 사람들이 마을 앞에 몰려나와 있었다. 무슨 일인가 궁금해서 차를 세우고 물어보니 사람들이 소리쳤다.

"일본이 졌답니다!"

"조선은 해방됐어요!"

꿈결 같은 해방소식이었다. 이날 정오에 일왕 히로히토가 연합군에게 무조건 항복을 한다고 울먹이며 방송을 했는데, 라디오도 마을에 한 대나 있을까 말까 귀한 시절이라 사람들이 뒤늦게 소식을 알고 몰려나온 것이다.

"만세! 만세!"

사람들은 곳곳에서 만세를 부르며 서로 부둥켜안고 감격의 눈물을 흘렸다. 화물차 운전사도, 화물차 짐 위에 올라앉아 있던 이들도 모두 차에서 뛰어내려 사람들과 어울려 양손을 추어올려 만세를 불렀다.

　박판수 부부도 기쁨을 이기지 못하고 차에서 내려 눈물을 흘리며 사람들과 어울려 만세를 외쳤다. 하태연은 해방되었다는 사실도 기뻤지만, 대구형무소에 갇혀 있는 작은오빠가 석방되리라는 희망에 부풀어서 딸아이를 꼭 끌어안고 기쁨의 눈물을 흘렸다.

4.

서하 시절

해방이 되던 날, 서하국민학교 학생 중에는 눈물을 흘린 아이가 많았다. 조선이 독립했다는 감동 때문이 아니었다. 일본이 망했다고 슬퍼서 운 것이다. 일본인 교사 밑에서 배운 학생들만이 아니었다. 불과 며칠 전까지도 일본군이 남태평양을 뜻하는 남양군도와 중국 내륙에서 연전연승을 거두고 있다는 보도를 들으며 대일본제국이 영원하리라 굳게 믿고 있던 친일파들도 통한의 눈물을 흘렸다.

　일제의 세뇌 교육에 물들어 있던 학생들이 조선독립의 의미를 깨닫는 데는 그리 오랜 시간이 걸리지 않았다. 학생들은 어른들과 함께 8월이 다 가도록 매일 읍내로 몰려나와 만세를 외쳤다. 흥분한 젊은이들은 밤늦도록 봉화를 피워 올리고 그동안 자신들을 괴롭힌 경찰관이나 관리를 잡으러 다녔다. 부유한 친일파의 집은 한밤중에 날아온 돌멩이로 유리창이 박살나기 일쑤였고 재빨리 숨었다가 들통이 난 조선인 악질 경관이 흠씬 몰매를 맞는 일도 곳곳에서 벌어졌다.

　해방과 동시에 박판수가 맡은 직책은 건국준비위원회, 약칭 건준의 진양군 치안책임자였다. 진양군 경찰서장에 해당하는 직위라고 할 수 있었다. 건준은 일본의 패망을 맞아 여운형 등 사회주의자들이 중심이 되어 만든 조직인데, 꼭 사회주의자가 아니더라도 각 지역에서 덕망 높은 애국지사는 대부분 포함되어 있었다.

　국제적으로는 북위 38도를 기준으로 이북에는 소련군이 들어오고 이남에는 미군이 들어와 각기 군사정부를 만들어 치안을 유지하도록 합의되어 있었으나 아직까지 미군은 들어오지 않은 상황이었다. 장차 조선인에 의한 정부를 목표로 세운 건준은 일본인이 달아나 마비되어버린 행정관청을 접수하고 치안 공백을 메우는 일에 역점을 두었다.

　박판수를 비롯한 건준 치안대의 활동으로 조선 땅에 남은 일본인 관헌과 관리, 민간인은 거의 피해를 보지 않고 질서 있게 일본으로 돌아갈 수 있었다. 흥분한 조선인에게 맞아 죽은 일본 관헌은 전국적으로 따져도 그리 많지 않았다. 일본인이 본국으로 돌아가는 과정에서 겪은 굶주림이나 수모는 지난 40년 가까운 세월 동안 조선인이 겪은 고통과 치욕에 비하면 거론할 가치도 없을 만큼 미미한 것이었다.

　해방 직후의 평화적인 분위기는 건준의 힘이었다. 하지만 9월 중순 조선 땅에 진입한 미군은 군사정부를 설치하고, 일체의 자치행정이나 치안활동을 금지했다. 그들에게 조선은 독립된 국가가 아니라, 남태평양 섬들과 마찬가지로, 일본이 철수하면서 주인 없이 남겨진 땅이었다. 그들의 눈에 조선은 새로운 식민지에 불과했다. 머지않아 소련의 강력한 견제로 독립국가 수립을 허용할 수밖에 없게 되지만, 처음에는 식민지나 다름없는 지배권을 유지하고 싶어 했다.

박판수는 한동안 서하국민학교 교사직을 유지하였다. 교사로서 박판수는 학생들에게 강렬한 인상을 남겼다. 그의 목소리는 쩌렁쩌렁 교실을 울렸고 두 눈은 형형한 정기로 번쩍였다. 서하국민학교에는 그의 친인척이 다섯이나 학생으로 공부하고 있었다. 그들은 박판수가 매우 특별한 사람이라는 걸 아주 자랑스러워했다.

동생뻘 되는 친척들은 해방될 무렵 대내아제가 서하국민학교 선생으로 온다는 소리를 들었다. 대내아제란 박판수를 가리키는 택호다. 학생들은 박판수가 일본에서 독립운동을 하다 온 사람으로, 경찰관을 두들겨 패서 서하로 피신 왔다고 알고 있었다. 해방과 함께 부임한 박판수는 이내 학생들의 혼을 사로잡았다. 민족의 부흥에 대한 강력한 신념, 무엇을 물어도 막힘없이 설명해주는 방대한 지식은 학생뿐 아니라 다른 선생이며 지역의 지식인들을 감동시키기에 충분했다.

박판수가 있는 서하국민학교는 경상남도 서부지역의 진보적 지식인이면 한 번쯤 들르는 곳이 되었다. 함양은 물론 진주, 진양, 산청, 하동 등지에서 어떻게들 알고 찾아오는지 몰랐다. 전종수, 노길영, 하준수, 이철생, 하갑수 등 일제강점기부터 항일운동으로 이름난 경남 서부지역의 진보적 젊은이들이 매일같이 학교에 찾아와 밤을 새워 토론하고 돌아갔다. 다들 밤인지 낮인지 구별도 못하고 오로지 새 조국을 만들기 위해 뛰어다녔다. 그중에서도 하준수는 훗날 이북 인민군 중장으로 동해남부유격대 사령관을 맡아 부산 북부지역에서 활약하였는데, 날쌘 체구에 눈빛이 강렬한 사람이었다.

박판수는 조직, 선동, 교육, 선전 등 모든 분야에서 단연 뛰어났다. 사람들은 박판수를 만나 대화를 하고 나면 속이 다 후련하다고 하며 '금 캤다'고 난리였다. 반면 경찰과 지역유지들은 서하면이 '빨갱이 소굴'이 되었다고 개탄했다.

학교 수업을 등한시한 것은 아니었다. 6학년 졸업반 담임을 맡아 가르쳤는데 일본대학 유학생답게 고등보통학교를 나와 선생이 된 이들과는 확연히 실력 차이가 났다. 해방 무렵 서부 경남에서 제일 들어가기 어려운 학교는 훗날 진주여중이 되는 일신학교였는데, 여자 졸업생 중 이 학교에 시험을 치른 아이는 모두 합격했으며, 남학생들도 중학교에 못 들어간 아이가 없었다.

글을 잘 쓰는 박판수는 학교 응원가도 직접 작사, 작곡했다. '용감한 우리 선수 한 번 나가면 거칠 것이 없도다. 천만 적수들아 보아라'로 시작되는 응원가는 따라 배우기도 쉽고 기운차서 금방 인기곡이 되었다. 운동회 때 홍군과 백군으로 나누어 기마전을 하는데 양쪽 응원단에서 부르는 박판수의 응원가는 교정을 흥분의 도가니로 몰아넣었다. 가사로 보아서는 일개 학교의 응원가라기보다 마치 친일매국노를 모조리 때려잡자는 걸로 이해하기에 충분한 응원가를 부르며, 상대방 기마의 머리띠를 벗기려 몰려다니는 광경이 장관이었다.

학교 교장이 함경도 출신이라 사냥을 좋아해서 가끔 지리산에서 멧돼지를 잡아오면 사택에서는 큰 잔치판이 벌어지기도 했다. 국민학교라지만 스무 살이 다 되어 결혼한 남학생도 있었고 여학생도 대개는 십대 후반으로, 다 큰 처녀들이었다. 멧돼지를 잡는 날이면 각자 집에서 반찬을 해 가지고 모여 밤을 새워가며 놀았다. 감자도 귀한 시절이라 멧돼지 고기에 감자며 고추장만 넣어 지글지글 끓여도 성대한 진수성찬이었다.

이 무렵 박판수의 심부름은 친척이자 학생인 김영순이 도맡았다. '자야'라는 애칭으로 불리던 김영순은 박판수 부부의 아이도 돌보고 잔심부름도 잘해서 하태연과 각별히 친하게 지냈다.

박판수는 시간만 나면 새로운 조국은 만민평등의 민주주의공화국이 되어야 한다고 강변했다. 미국이 새로운 지배자로 등장한 이남의 현실을 개탄하며, 사회주의만이 조선인을 행복하게 할 수 있다고 열변을 토했다. 박판수의 가르침에 따라 서하국민학교 출신 중 여럿이 좌익활동가가 되었고 그중에는 나중에 박판수를 따라 지리산에 올라가 빨치산을 하다 죽은 남녀학생도 여럿 있었다.

이상의 새 조국 건설은 쉽지 않았다. 미국은 일본제국주의보다 사회주의를 더 두려워했다. 일본을 점령한 맥아더의 미군은 일본인에게 더없이 관대했다. 형식만 군정일 뿐 일본인의 자치를 허용하고, 일본 자본주의 재건을 위한 지원을 아끼지 않았다. 일본에는 공산당도 허용되고 일찌감치 지방자치도 정착되었다. 미국 고위관리가 대개 그렇듯이, 맥아더는 일본 문화와 일본인을 너무 좋아해서 동경에서 한 발짝도 벗어나지 않고 일본인과 어울렸다. 반면, 조선은 자기 나라 하나도 지킬 줄 모르는 미개하고 게으른 민족으로 보았다.

미군정은 조선인의 독자적인 정치활동을 못마땅하게 생각했다. 그 첫 번째 규제대상은 사회주의세력이었다. 일본이나 독일의 파시즘보다 사회주의를 더 혐오한 맥아더와 미군 장교들은 군정이 정비된 1946년 벽두부터 조선공산당을 위시한 사회주의 세력에 대대적인 공격을 가해왔다.

미군정은 이해 5월 조선공산당의 당보인 해방일보를 인쇄하는 조선정판사에서 위조지폐를 만들었다는 누명을 씌워 당사를 폐쇄하고 대중의 지탄을 받도록 여론을 조작했다. 이른바 조선정판사 위폐사건이었다. 우익 신문들은 조선공산당이 당 차원에서 위폐를 찍었다는 미군정과 경찰의 주장을 그대로 전제하고 반대 증언을 묵살함으로써 여론 조작의 주력으로 활약했다.

　미군정은 8월 말에는 조선공산당이 무장폭동을 모의했다는 누명을 씌워 최고지도자인 박헌영을 비롯해 이주하, 이강국 등 주요간부를 체포하거나 수배했다. 조선공산당은 일제강점기부터 국내외에서 항일운동의 주력으로 활약해온 사회주의자들로 구성되었는데, 해방 직후 만들어진 40여 개 정당 중에서 단연 압도적인 지지와 조직력을 갖추고 있었다. 그러나 정판사 사건과 이른바 8월 폭동 사건으로 박헌영을 비롯한 지도부가 대부분 이북으로 올라가면서 사실상 해체되었다.

　진보세력은 미군정의 탄압에 맞서 조선공산당뿐 아니라 조선인민당, 남조선신민당 같은 진보적인 정당을 하나로 묶는 새로운 대중정당을 추진했다. 이 작업은 이북 지역에서도 함께 진행되어 이남에는 남조선노동당이, 이북에는 북조선노동당이 창당되었다.

　남로당은 사회주의자뿐 아니라 애국적 민족주의자와 사회민주주의자 등 남북통일과 친일파 청산을 바라는 진보적 양심세력이 연합한 정당이었다. 1946년 11월에 창당 후 불과 수개월 만에 20만 당원을 받아들였다. 3만 명의 정예 사회주의자 조직이던 조선공산당에 비하면 당원의 지식수준이나 경력은 낮았으나, 투쟁의지는 그에 못지않았다.

　미군정과 우익은 남로당을 조선공산당의 후신으로 보고 즉각 공격을 퍼부었다. 남로당은 합법적인 정당으로, 미군정 장관까지 결성식에 참석했음에도 불구하고 결성식이 끝난 직후 우익테러단이 수류탄을 터뜨려 신문기자의 손가락이 날아가는 등 처음부터 혹독한 시련을 겪어야만 했다.

남로당은 결성 직후부터 이남 지역의 통일운동과 민주주의 투쟁을 주도하는 세력으로 부각되었다. 그들을 투쟁으로 내몬 것은 다름 아닌 미군정이었다. 미국은 유럽과 아시아에서 급속히 세력을 확대하는 사회주의 소련을 막기 위해 모든 수단을 동원했다. 미국 내부에서조차 매카시즘이란 이름으로 좌파에 대한 광범위한 제거작업을 벌이던 미국이 한낱 식민지에 불과한 조선반도에서 하지 못할 일은 아무것도 없었다. 미국은 처음부터 소련군이 진주한 이북을 포기하고 이남에만 따로 자본주의 정부를 세우려는 분단정책을 추진했다.

미군정의 정책은 자본과 지식을 독점한 친일매국노, 대지주의 지지 위에서만 가능했다. 미군정은 일제치하에서 독립군을 때려잡던 경찰부터 일제 관청에서 조선인을 수탈하던 매국관리, 일제의 전쟁터에 조선인 청년과 처녀를 공급해주던 친일파 문화예술인들을 자신의 보조자로 이용했다.

일반 민중은 분노할 수밖에 없었다. 해방된 조국에 경찰도 행정관청도 모두 일제치하에서 일본인의 수족이 되어 조선인을 탄압하고 착취했던 자들이 그대로 눌러앉아 있는 것을 가만히 두고 볼 수는 없었다. 오랜 식민지시대가 끝나자마자 조국이 두 동강 나는 것을 용납할 수도 없었다. 미군정과 경찰,

우익의 극심한 방해에도 남로당에 20만이나 되는 젊은이가 입당한 사실이 이를 증명했다.

남로당은 친일매국노 청산과 통일정부 수립을 요구하며 싸울 수밖에 없었고, 미군정과 우익은 무자비한 폭력과 언론조작으로 이들을 제거하려 들었다. 소련의 지원 아래 사회주의자들이 주도하는 가운데 일사불란하게 국가 건설을 추진하는 이북과 달리, 이남의 혼란은 불가피했다.

미군정과 남로당의 대립은 시간이 갈수록 격화되었다. 남로당은 미군정의 실정과 단독정부 수립 추진에 항거해 잇달아 총파업과 대규모 집회를 열었으나 조직하기 쉬운 노동자 숫자가 수십만에 불과한 반봉건사회에서 파업의 위력은 크지 않았다. 더욱이 파업과 집회는 미군정으로부터 무기와 자금을 지원받는 서북청년단 등 우익테러단에 의해 무자비하게 파괴되어 참여자는 날이 갈수록 줄어들었다.

박판수는 1947년 들어 학교를 그만두고 남로당 서하면당 위원장 활동에 전력했다. 미군정과 우익을 비판하며 남북통일을 주장하는 유인물을 배포하고 당원 확보를 위한 비밀 조직 활동에 밤과 낮이 따로 없었다.

이때 전국적으로 2·7총파업투쟁이 벌어졌는데 함양군에서도 대대적인 투쟁이 벌어졌고 박판수는 그 최고지도자로 맹렬히 활동했다. 이 지역에서 2·7투쟁이 얼마나 크고 기념비적이었는지 나중에 빨치산 부대명을 지을 때도 2·7부대를 만들었을 정도다.

교사직을 그만두어 생활도 어려워진 데다 당 활동을 한다고 활동비가 나오는 것도 아니었다. 하태연은 남편이 가족은 신경 쓰지 않고 밖으로만 나도는 게 야속해 짜증도 많이 부렸지만 말릴 길이 없었다. 둘째를 임신하면서 이제는 나아지려나 희망도 품어보았지만 남편은 갈수록 바빠질 뿐이었다. 남편의 사고는 가족을 지켜야 한다는 의무감으로 속박하기에는 너무 멀리 나가 있었다. 남편의 머릿속에는 오로지 조국과 민족의 미래밖에는 들어 있지 않은 것 같았다.

열정적으로 활동한 결과, 면당 위원장이던 박판수는 몇 달 안 가 함양군당 위원장으로 승진했다. 일은 더 많아지고 더 바빠졌다. 박판수가 함양군당을 맡고 얼마 후 하동, 산청 등 경남서부 4개 군당위원장 회의가 열렸다. 함양군 안의면에 있는 사찰 용추사에서였다. 하준수 등 대표자들은 날이 갈수록 암울해지는 정치현실에 대해 논의하고 대규모 집회를 열기로 결정했다.

인구 대다수가 농사를 지어 농촌지방의 인구가 도시보다 많을 때였다. 1947년 7월 27일, 함양군 안의면 안의국민학교에서 남로당이 주최한 미군정 규탄대회에는 헤아릴 수 없이 많은 주민이 모여들었다. 함양군 소재 10개 면 단위에서 모여든 농민들은 넓은 학교운동장을 가득 채우고도 모자라 주변까지 빼곡히 들어찼다. 젊은 남자들뿐만 아니라 어린 학생부터 노인, 아기 업은 부인들까지 함양군민이 다 모인 것 같았다.

하태연은 둘째를 가져 잔뜩 부른 배를 가누며 세 살짜리 딸을 업고 서하에서 안의까지 면민들과 함께 행진해 참석했다.

"미국놈은 아메리카로!"

"미군정은 태평양 밖으로 떠나라!"

외치는 구호마다 하태연의 가슴을 두근거리게 했다. 그날따라 몹시 바람이 불어 마을 단위로 만들어 온 무수한 깃발이 펄럭이는 소리가 마치 힘차게 뛰는 심장소리처럼 사람을 흥분시켰다.

지역대표 몇 명이 차례로 연단에 올라가 연설했다. 그중 박판수의 연설은 단연 압권이었다. 남로당의 전신인 조선공산당 간부의 80%가 양반가문 출신 지식인이란 말이 있듯이, 사회주의자들 대부분은 점잖고 사람 좋은 지식인이어서 군중 앞에서 연설할 때도 차분하고 어려운 말을 잘 썼다. 이에 비해 박판수의 연설은, 그 음성이 워낙 큰 데다 내용도 쉽고 간결해서 가슴에 와 닿았다. 그는 연설하는 내내 열띤 박수갈채를 받았다.

하태연은 먼 길을 걸어 집회장에 참석할 때만 해도 남편이 왜 가정을 등한시하고 생활비조차 제대로 안 가져오면서 밖으로만 나도는지 불만에 차 있었다. 그런데 연설하는 남편의 모습이며 열렬한 박수갈채를 보내는 군중을 보면서 생각이 바뀌었다. 다른 강연자의 목소리는 펄럭거리는 깃발 소리에 잘 알아들을 수도 없는데 저 멀리서도 들리게끔 우렁찬 목소리로, 또 노인과 아이도 알아들을 수 있도록 쉽고 명쾌하게 연설하는 남편을 보니 얼마나 자랑스러운지 몰랐다.

"저분이 우리 애기 아버지입니다."

함께 행진해 온 면민들에게 큰소리로 자랑하고 얼마나 기분이 좋은지 몰랐다. 사람들도 그녀의 마음을 알아주었다.

"함양군당 위원장이 최고야. 참 똑똑한 사람이네."

"박판수 씨가 진짜 지도자감 아니겠어?"

하태연은 이날 박판수가 자신의 남편만으로는 살아갈 수는 없는 사람이라는 걸 깨달았다. 나라를 위해 큰일을 할 사람이라고 생각하게 된 것이다. 이전에는 가정에 소홀하고 관심 안 둔다고 투정도 많이 하고 섭섭해했는데 그날 그 시간부터 생각을 고쳐먹었다. 가정이라는 작은 그릇으로 담을 수 있는 사람이 아니라고 생각하니 오히려 홀가분한 마음도 들었다. 더는 보채지 말고, 마음으로나마 열심히 후원하며 혼자 살림을 꾸려나가야겠다고 굳게 결심했다.

하태연의 결심은 당일로 현실이 되어버렸다. 대규모 집회가 끝나자마자 경찰은 주동자에 대한 일제검거에 들어갔다. 붙잡히면 우익테러단에게 끌려가 쥐도 새도 모르게 맞아 죽을 판이었다. 정규 경찰관조차 체포한 좌익을 때려죽이거나 처녀를 강간으로 고문하는 일이 예사였다. 법의 저촉을 받지 않는 깡

패집단 서북청년단이니 족청이니 하는 우익테러단의 잔인함은 인류의 한계를 넘어섰다. 박판수와 지역대표들은 그날 밤으로 도피해 지리산으로 들어갔다. 아직까지 무기는 갖지 않았지만 '야산대'라 불리는 빨치산 투쟁의 시작이었다.

서하에 홀로 남은 하태연은 난감했다. 돈도 한 푼 없이, 임신한 몸으로 어린 딸을 데리고 객지에서 홀로 살 생각을 하니 앞이 깜깜했다. 동산리 시댁으로 돌아가는 수밖에 없었다. 하지만 주변에서 사람들이 마구 잡혀가는 걸 보니 발이 떨어지지 않았다. 시댁에 가버리면 다시는 남편의 생사를 알 수 없을 것 같았다. 박호윤이나 학교 제자들이 조금씩 가져다주는 양식으로 하루하루 겨우 끼니를 잇는 처지이면서도 발길이 안 떨어져 선뜻 길을 나서지 못하고 시간을 보내는 사이 가을이 다 지나가고 있었다.

어느 가을밤, 마침 달빛도 없이 깜깜한 그믐날이었다. 남편 걱정에 잠을 못 이루고 뒤척이는데 돌연, 사뿐히 돌담을 뛰어넘어오는 소리가 들렸다. 누굴까? 두려움과 긴장으로 정신을 바짝 차리고 있으려니 살짝 방문이 열리고 검은 그림자 하나가 들어섰다. 겁이 나서 소리도 지를 수 없었다. 그런데 자세히 보니 뜻밖에도 남편 박판수였다. 남편은 어둠 속을 더듬더니 살그머니 그녀 옆으로 다가와 누웠다. 바깥 기온이 내려간 탓에 몸이 얼음장같이 차가웠다.

"놀라지 마시오, 나요."

박판수는 경상도 출신이지만 사투리를 쓰지 않았다. 꼭 서울말을 썼고 어미는 '했소' 체였다. 그에게 배운 하태연도 마찬가지였다. 생사도 모르던 판에 얼마나 반가운지 몰랐다. 박판수는 출산이 임박해 몸도 잘 가누지 못하는 아내의 손을 부여잡고 나직이 말했다.

"만삭인 몸으로 머나먼 타향에 있으니 걱정되어 왔소. 속히 진성 집으로 가시오."

산속에서도 그녀가 세 살짜리 어린 것을 데리고 오직 남편의 생사만 생각하며 애타게 소식을 기다리고 있다는 말을 전해 듣고 찾아온 것이었다.

하태연은 남편이 살아 있음을 확인한 것만으로도 가슴이 벅차 눈물이 나면서도, 사람을 보내지 않고 직접 위험을 무릅쓰고 찾아온 남편에게 미안했다. 아무 생활 대책도 없이 떠난 후 얼마나 걱정되었으면 이렇게 찾아왔을까 생각하니 서운하고 힘들었던 마음이 일순간 사라지고 말았다.

함께 내려온 동료들이 기다리고 있는 모양이었다. 남편은 오래 머물지도 못한 채 몸만 녹이고 다시 떠났다. 떠나면서도 어서 진성 동산리 시댁으로 돌아가라고 거듭 당부했다.

남편이 경찰과 정보원으로 득실대는 위험을 무릅쓰고 다녀갔음에도 하태연은 선뜻 길을 나서지 못했다. 부른 배를 안고 이백 리 길을 나선다는 게 엄두가 나지 않았다.

12월도 다 지나도록 머뭇거리고 있으려니 또다시 한밤중에

뒤꼍 돌담에서 돌 떨어지는 소리가 들려왔다. 정신을 바짝 차리고 기다리니 역시 남편이었다. 걱정되어 또 찾아온 것이다. 잡혀가지나 않았는지, 굶지나 않았는지 걱정하던 차에 오히려 아내를 걱정해서 또 찾아오니 얼마나 반갑고 좋은지 몰랐다.

그날 밤 그녀는 생애 처음으로 불타는 사랑을 느껴보았다. 그때까지는 재취로 들어왔다는 사실이 수치스러웠고, 동네 아줌마들이 쳐다보기만 해도 무슨 결함이 있어 재취로 들어왔느냐고 수군거리는 것만 같았다. 전 부인의 어머니인 정참봉 부인은 가끔 시댁에 오면 하태연에게 각별히 따뜻하게 대했다. 참봉 부인은 딸을 결혼시킬 때 지참금으로 준 논을 새색시에게 주려고 생각하고 있었다. 그러나 부인이 넌지시 그런 뜻을 밝혔을 때 하태연은 완강히 거절했다. 재취로 들어온 것만도 수치스러운데 전 부인의 토지를 이어받는 건 자존심이 허락하지 않았다. 죽은 외동딸의 후신이라도 보듯 애틋하게 정을 베풀려던 참봉 부인은 하태연이 냉담하게 대하자 점차 발길을 줄이더니 결국은 끊고 말았다. 이토록 완강하던 그녀의 마음속에 진정한 사랑이 싹튼 것이다. 재취니 뭐니 하는 생각은 사라져버리고, 진실로 박판수를 사랑하게 되었다.

남편이 두 번째 왔다 가니 이제는 오히려 남편이 자기를 보러 오가다가 잡혀갈까 걱정되었다. 진실한 사랑에 사로잡히니 남편의 안위가 먼저였다. 해산도 임박해 오는데 객지에서 아이를 낳을 일도 까마득했다. 미련이 남아 자꾸만 뒤돌아보고 또 뒤돌아보며 서하를 떠나 고향으로 향했다.

걷기도 하고 화물차도 얻어 타고 하면서 어렵게 시댁으로 가는데 중간쯤 가니 경찰이 차를 세워 검문했다. 아이를 데리고 탄 임산부라 문제없이 통과는 했으나 해방된 지 겨우 2년 만에 광복의 기쁨은 어디로 사라져버리고 곳곳에 사람들의 비명과 신음만 들리는 어지러운 나라가 되었다고 생각하니 한탄스럽기 그지없었다.

시댁식구들은 소식이 끊어진 둘째 아들 내외 걱정에 목을 매고 있었다. 아들이 지리산으로 들어갔다는 소식에 크게 낙담하던 차에 그래도 며느리나마 돌아와 주어 다들 다행스러워하고 반가워했다. 추위와 굶주림에 지쳐 있던 하태연은 시댁식구들의 따뜻한 정에 몸과 마음이 한꺼번에 녹아내리는 기분이었다. 그대로 쓰러지고 말았다. 그리고 며칠 지나지 않은 12월 25일, 둘째 아이가 태어났다. 아들이었다. 불행 중 경사가 되었다. 시아버지 박도원은 몹시 기뻐하면서 '준환'이라고 이름을 지어주었다.

5

전쟁

1948년은 남과 북의 운명이 결정적으로 갈라지는 해였다. 남로당을 중심으로 한 진보세력은 물론, 김구나 김규식처럼 양심적인 민족주의자들까지 모두 들고일어나 분단을 반대하고 통일을 부르짖었으나 미국과 이승만은 이남만의 단독정부 수립 작업을 착착 진행했다. 이에 반발해 4월 3일에는 제주도에서 남로당원이 중심이 되어 무장봉기가 일어나고 전국적으로 시위가 계속되었으나 미국은 기어이 8월 15일 대한민국이란 국호로 단독정부를 출범시켰다. 이에 맞서 이북에서도 9월 9일 조선민주주의인민공화국을 세웠다. 해방된 지 3년 만에 완전히 분단되어버린 것이다. 남과 북을 갈랐던 38선은 이제 목숨을 걸지 않으면 넘어갈 수 없는 금단의 선으로 확정되었다.

　　경제나 치안이 모두 안정되어 있던 북부지역에는 분단이 큰 영향을 미치지 않았으나 이남 지역은 극도의 혼란에 빠져들었다. 이는 명백히 미국의 잘못된 극우 정책으로부터 기인한 것이었다.

미국은 전쟁의 당사자인 일본에 대해서는 처음부터 독자적이고 통일된 정부수립을 지원하고 공산당 등 좌파까지 수용해 평화적인 민주주의 발전을 용인했다. 역시 패전국인 독일도 분단을 시키기는 했으나 자신들이 담당한 서부 지역에서 좌익 활동을 용인해 서독으로 하여금 큰 좌우대립 마찰 없이 현대사 초유의 민주주의 국가가 되도록 했다.

그러나 조선과 조선인에 대해서는 현격한 차별정책을 폈다. 미군정은 이남 지역의 좌익을 제거하기 위해 우익테러단에 막대한 자금을 지원하였고, 더 나아가서는 그들을 이남의 군대와 경찰에 편입시켰다. 미군정의 주도와 후원 아래 이루어진 암살과 투옥, 고문과 폭력은 이남 지역의 좌익들로 하여금 극단적인 저항을 선택할 수밖에 없게 만들었다.

박판수가 지리산으로 입산한 것과 마찬가지로, 남북에 각각 정부가 수립되기 전에 이미 수많은 좌익 활동가는 산악지역에 들어가 있었다. 이들은 군당이나 도당별로 산하에 빨치산 중대나 대대를 편성해 운영하였다. 하지만 유격대라고 해도 아직 제대로 무장력을 갖추지 못해 사람들은 이들을 야산대라 불렀다.

남로당의 입산이나 지하화는 이미 정부수립 전에 이루어졌다. 경남도당의 경우 도당은 부산 시내에 지하당을 구축하고 중부지구당은 거제에, 서부지구당은 지리산에 두었는데 서부지구당은 김삼홍이라 불리던 김병인이 이끌었다. 김병인은 경남도당 부위원장이기도 했다. 진주 이남의 해안에는 해안블럭이라고도 불리던 해안지구당을 만들어 안병화가 이끌었다. 전남도당과 전북도당도 지리산에 들어와 있었다. 이들 3개 도당산하에 군 단위로 만들어진 유격부대는 때때로 경찰과 교전을 벌이며 식량과 의복 등을 빼앗는 정도로, 아직 크게 활동하지는 않고 있었다.

야산대 혹은 빨치산이라 불리는 유격활동이 급성장한 것은 1948년 10월 19일에 일어난 여순사건 때문이었다. 이남에 정부가 수립된 지 두 달 만이었다. 제주항쟁을 진압하라는 명령을 받고 출동 대기 중이던 여수 국방경비대 제14연대 병력 3천 명이 동족을 학살할 수 없다고 외치며 무기를 들고 병영을 뛰쳐나와 여수와 순천 시가지를 점령한 것이다. 토벌대와 교전하던 14연대는 곧 지리산, 백운산, 조계산 등지의 산악지대로 퇴각해 본격적인 유격투쟁을 시작했다. 이들은 명백히 이북의 인민공화국을 지지하였다.

여순사건은 남로당 중앙이 이북에 올라가 있고 전남도당도 지리산에 들어와 있어 연락이 두절된 가운데 여수 국방경비대 제14연대에 침투해 있던 남로당원들이 자발적으로 일으킨 사건이었다. 역시 전남도당에 속한 제주도 남로당원들이 일으킨 4·3항쟁도 마찬가지였다.

변변한 무기도 없이 사실상 피신상태로 산중에 은거하던 야산대에게 제14연대의 입산은 큰 용기를 주었고 희망이 되었다. 14연대는 특히 지리산 남부 지역에 올라와 있던 군당 유격대에 분산, 합류했는데 박판수의 함양군당도 14연대의 주력부대인 김지회 부대와 합세했다.

외부에서는 다 같이 인민유격대 혹은 빨치산으로 불렸으나 내부적으로는 당 활동가와 유격대원이 구별되어 있었다. 유격대원은 직접 총을 들고 군경과 전투를 벌이는 반면, 당은 유격대를 지도하고 지원하기 위한 당 조직 사업과 정보 수집을 책임졌다. 유격투쟁의 목적이 당 활동을 보장하는 것인 동시에 당 활동은 유격투쟁을 지도하는, 서로 떨어지려야 떨어질 수 없는 보완관계였다.

박판수는 1949년 4월 경남도당 서부지구당, 즉 지리산지역 유격대 책임자이던 김병인이 하산하면서 그 책임을 인수했다. 김병인이 하산하게 된 것은 그의 부인이 산불로 얼굴에 큰 화상을 입어 급히 데리고 내려가야 했기 때문이다. 도시로 잠적한 김병인은 그러나 곧 경찰에 체포되어 6·25전쟁이 날 때까지 서대문형무소에 수감되었다가 인민군이 서울에 진주하면서 석방되어 다시 경남도당 부위원장으로 내려오게 된다.

박판수가 김병인으로부터 인계받은 경남도당 서부지구당은 지리산지구 혹은 지리산블럭으로 불렸는데 경남지역 중에 하동, 산청, 함양, 진양 등 지리산 지역에 속한 군당과 그에 소속된 유격대를 포괄했다. 경남도당에서 유격대는 사실상 지리산에만 있었으므로 경남도당 유격대의 총책임자가 된 셈이다. 박판수는 이때부터 체포되기까지 3년간, 경남도당의 서열 다섯 손가락 안에 드는 핵심간부로 활동한다.

박판수가 함양군당책을 넘어 경남도당 서부지구당 소속 군당과 산하 유격대를 총지휘하게 된 이 무렵, 서부지구당은 주로 지리산 대원사골, 심박골 등지에 있었다. 박판수는 당 간부로서 직접 총을 들고 전투에 참가해 토벌대와 교전하지는 않았다. 대신 김지회 부대와 결합한 도당 유격대가 원활히 활동할 수 있도록 정보를 수집하고 안내하고 당 조직을 통해 자금과 인력을 공급하는 지도·지원 활동을 총지휘했다.

비무장 상태에서 군경의 검문검색이 그물망처럼 깔린 민간지대를 돌아다니는 일은 총을 들고 싸우는 유격대원보다도 훨씬 위험했다. 붙잡히면 곧바로 고문대에 올라 죽을 때까지 고문을 당해야 했다. 그만큼 큰 담력과 강철 같은 의지가 필요한 임무였다.

남편이 목숨을 걸고 사지를 넘나들던 그 시각, 하태연은 두 아이를 키우기 위해 열심히 살아가고 있었다. 양반의 체통을 지킨다고 눈앞에 일거리를 두고도 자기 허리 굽히는 일 없이 소리쳐 머슴을 불러대던 박씨네는 나날이 살림이 쇠락하여 이제 부릴 머슴도 다 떠나버리고 없었다. 선비라 해도 궂은일 마다치 않고 근면 검소하게 살아가는 부모 밑에서 자라 하태연은 육체노동을 두려워하지 않았다. 결혼 초기에는 공부하느라고 거의 일을 하지 않았지만, 이제는 물불 가리지 않게 되었다.

하태연은 너나없이 열심히 땀 흘려 일하는 가풍의 친정집에 가는 게 좋았다. 일 년의 반은 친정에 가서 살다시피 했다. 이 무렵 친정집은 옛집 근처 넓은 집으로 이사를 가 우산공장을 하고 있었다. 하태연은 친정집 안마당에 있는 우산공장에서 다른 여성노동자와 마찬가지로 밤이 새는 줄 모르고 우산을 만들었다. 이렇게 모은 돈으로 돼지 새끼를 사고, 돼지를 키워 다시 송아지를 샀다. 남에게 뒤떨어지지 않게 아이들 공부를 시키려는 꿈을 가지고 한푼 두푼 모으는 재미로 낮에는 힘겹게 소꼴을 베고 밤에는 길쌈도 하였다.

하지만 1949년이 다 가도록 남편 소식은 들려오지 않았다. 매일 열심히 땀 흘려 일하면서도 지리산 쪽만 바라보면 가슴에 바람구멍이 나는 듯했다. 일은 잘할 수 있지만 날이면 날마다 남편 생사가 걱정되어 불안한 마음이 가라앉지 않았다. 박판수가 잡혀가는 걸 보았다느니, 죽어서 어느 골짜기에 묘를 써놓았다느니 하는 소문이 들려올 때마다 밤새 잠을 못 이루었으나 다 헛소문이었다.

그런데 하루는 동서의 어머니, 즉 박판수의 형수의 어머니가 찾아오더니 등에 업힌 아들 준환이를 어르는 척하면서 나직이 속삭이는 것이었다.

"니는 아버지 봤나? 나는 네 아버지 봤다."

하태연에게 들으라고 한 말이었다. 깜짝 놀라 무슨 말이냐고 했더니 사돈은 꼬깃꼬깃 접힌 종이를 꺼내 살그머니 손에 쥐어주었다. 담배 은박지였다. 부리나케 방에 들어가 펼쳐 보니 밤낮을 근심하고 그리던 남편 글씨였다. 고생한다는 말 뒤에 높은 상상봉마다 승리의 깃발이 나부끼고 있으니 신심을 갖고 조금만 더 고생하라는 내용이었다. 너무나 반갑고 좋아서 만세라도 부르고 싶었지만 소리를 낼 수 없어서 아이를 끌어안고 혼자 덩실덩실 춤을 추었다.

나중에 알았지만, 박판수가 동서의 어머니를 만난 것은 우연이 아니었다. 지리산에 근거지를 두고 수시로 민가로 내려와 조직 활동을 하던 박판수가 진주에서 열린 중요한 회의에 참석하러 내려온 길에 만난 것이었다.

남루하거나 더러운 옷을 입으면 산사람이란 것이 쉽게 드러나기 때문에 낮에 큰 마을에 갈 때는 깨끗한 옷을 입어야 했다. 군당에서는 깔끔한 양복에 중절모까지 준비해서 박판수에게 입혀보고는 이리저리 살펴서 그만하면 훌륭하다며 내려 보냈다.

운 좋게 화물차를 잡아 짐짝 위에 올라타고 진주에 들어오는데 하필 젊은 경찰관 하나가 타는 것이었다. 얼른 짐 속에 비밀문건을 쑤셔 박아놓고 술은 원래 먹지도 못하는데 취한 척하면서 청춘의 노래를 떠나가라 불러댔다. 서른만 넘어도 아저씨 소리를 듣던 시절이었다. 위험한 짐짝 위에서 술에 취한 게 불안했던지 나중에는 그 경찰관이 걱정까지 해주었다.

"아저씨, 조심하이소. 떨어지겠습니더, 조심하이소."

무사히 진주에서 화물차를 내려 누구의 집인 줄도 모르고 약속 장소에 들어가니 뜻밖에 형수의 어머니와 여동생이 마루에 앉아 콩나물을 다듬고 있었다. 세 사람은 너무나 반가워 어쩔 줄을 몰랐다. 알고 보니 그 집이 진주에서 부자로 소문난 박구석의 집이었다. 형 박봉윤의 처제가 다름 아닌 박구석의 부인이었던 것이다.

사돈이 남몰래 쪽지를 받아 들고 동산리까지 먼 길을 달려와 소식을 알려준 덕분에 남편이 살아 있음을 확인하기는 했지만, 살아 돌아오리라는 희망을 품기에는 정세가 너무 엄혹했다.

남원이나 하동 등 지리산 주변 읍내에서는 장날이면 사살한 빨치산의 시신과 체포한 빨치산을 늘어 세워놓고 구경을 시켰다. 광주 시내 한복판에 빨치산의 목을 잘라 걸어놓기까지 했다. 빨치산에 협조한 산간마을 주민을 떼거지로 학살했다는 소식도 치를 떨게 했다. 빨치산을 잡으러 출동한 토벌대가 아무 죄 없는 산간마을 주민을 학살한 숫자만도 수천 명이었다. 남로당 활동을 했던 이는 아무 죄 없이 잡혀가 고문당하다 죽는 일이 너무 많아 일일이 열거할 수도 없었다. 하태연으로서는 남편이 살아 돌아오기는 어려우리라 생각할 수밖에 없었다. 그가 남긴 두 남매라도 잘 키우리라 굳게 결심하고 열심히, 열심히 살았다.

1950년이 되면서 시부모는 박판수 부부에게 논 400평과 밭 250평을 물려주었다. 보잘것없는 재산이지만 하태연에게는 금쪽같은 땅이었다. 하태연은 논에 첫 모내기를 해놓고 밭에는 목화를 심은 다음 비료를 얻으려고 사천 친정집으로 떠났다. 6월 하순이었다.

사천으로 가려면 문산을 거쳐 진주를 지나 남쪽으로 걸어야 했다. 그런데 분위기가 이상했다. 전에 없이 길거리가 소란스러웠다. 총 든 군인을 태운 트럭이며 지프들이 먼지를 뽀얗게 날리며 신작로를 달려가는데 무언가 쫓기는 듯한 느낌이었다. 전부터 빨치산을 토벌한다고 군인이며 경찰이 트럭을 타고 돌아다니기는 했으나 이렇게 요란스럽지는 않았었다.

아무래도 이상하다고 생각하며 진주로 들어설 무렵이었다. 흰옷이며 양복 입은 민간인을 태운 트럭이 몇 대나 연거푸 지나갔다. 군대에 새로 들어가는 사람들인가 했는데 뭔가 이상했다. 나이도 제각각인 데다 다들 풀이 죽어 바닥에 앉아 있었다. 얼핏, 사람들이 하나같이 철삿줄에 양팔이 묶여 있는 모습이 스쳐갔다. 순간 무서움에 가슴이 철렁 내려앉았다.

하태연은 진주에 들어서서야 전쟁이 났다는 것을 알았다. 벌써 여러 날 전에 38선이 터지고 남북전쟁이 일어나 인민군이 밀물처럼 남으로 내려오고 있다는 소식이었다. 산간 골짜기에 사는 동산리 사람들만 전쟁이 난 줄도 모르고 있었던 것이다.

철사에 묶여 트럭에 실려 간 남자들은 국민보도연맹 사람들이었다. 이승만 정부는 분단에 반대해 투쟁해온 좌익운동가들을 잡아 죽이다 못해 전향을 하게 하여 이들을 국민보도연맹이란 단체에 가입시켰다. 보련이라고도 불리는 이 단체 가입자는 전국적으로 40만 명에 이르렀다. 그중에는 실제로 좌익 활동을 한 사람도 많았으나 상당수는 형이나 동생 또는 친척이 좌익 활동을 했다는 이유로 강제로 가입한 사람이었다. 오히려 진짜 열심히 활동한 이는 대부분 산에 들어가거나 전향을 하지 않고 숨어 있었다.

이승만은 전쟁이 터지자마자 보도연맹에 가입한 이를 모조리 학살하도록 지시했다. 하태연이 목격한 것처럼 집단으로 끌려간 이들을 수백 명에서 수천 명 단위로 학살하여 광산 수직갱 속으로 던지거나 대충 구덩이를 파고 묻었다. 학살의 현장에는 대개 미군 장교가 나와 감독을 하였다. 이렇게 죽은 인원은 전국에서 20만 명에 이르렀다.

전쟁이 터진 줄도 모르고 있던 시댁에서도 며칠 후 종손을 잃었다. 세무서에 다니던 박봉윤의 큰아들 박수환이 강제로 끌려가 총살당한 것이다. 경찰이 찾으러 오자 아무런 의심도 없이, 잠깐 다녀온다고 나간 장손이 돌아오지 못한 채 죽자 시댁 식구의 슬픔과 낙담은 이루 말할 수가 없었다. 박봉윤 부부는 말할 것도 없고 종손을 잃은 시아버지는 상심으로 식음을 전폐했다. 학살자는 피살자의 가족이 시신을 확인하지 못하도록 주거지에서 먼 곳으로 데려가 죽이고 파묻어버렸기 때문에 끝내 시신조차 찾을 수가 없었다.

한편, 지리산의 박판수도 전쟁이 난 줄을 한참 후에야 알게 되었다. 지리산 빨치산은 지난 두 해 겨울 동안 수만 명의 군경토벌대가 동원된 대규모 동계공세로 거의 궤멸상태에 빠져 있었다. 지리산 일대에는 전남도당, 전북도당, 경남도당과 그 산하 군당이 웅거해 있고 여기에 여수 14연대를 주력으로 한 이현상부대가 기동타격대처럼 옮겨 다니며 위력을 발휘하고 있었는데 전쟁이 날 무렵에는 이현상부대조차 백 명 이하로 줄어들어 덕유산을 헤매다가 전쟁이 나고도 3주일 후에나 소식을 알게 되었을 정도였다. 박판수가 이끄는 경남도당 지리산 유격대도 7월이 한참 되어서야 전쟁이 난 것을 알았다.

어느 날 산 밑에서 고함치며 올라오는 사람들 소리가 들려오는 것이었다. 또 토벌대가 올라오는가 싶어 다들 긴장해서 귀를 기울이고 있으려니 소리가 점차 또렷해졌다.

"동무들! 해방이여! 해방이여!"

몇 사람이 신문을 흔들어대며 올라왔다. 이미 인민군이 진주와 진양군까지 진주했다는 소식이었다. 박판수는 그날로 군당요원과 유격대를 이끌고 산에서 내려와 함양군을 접수하고 산청, 합천, 의령으로 영역을 넓혀갔다. 이때 함양군 유격대는 전종수, 노영호가 중심인 303부대를 결성해 최전방이던 통영까지 진출했다.

남로당은 벌써 1년 전에 이북의 북로당과 합당해 조선노동당이 되어 있었다. 박판수는 조선노동당 진양군당 위원장에 임명되었다. 당이 사법, 행정, 군사를 총괄하는 사회주의 체제에 따라 진양군 안에서 벌어지는 주요 사안을 결정할 수 있게 된 것이다.

진양군당은 진양군 문산읍에 자리 잡았다. 문산읍은 진주와 진성면 사이에 있는 꽤 큰 마을로, 군당은 그중에서도 제일 큰 공공건물인 문산성당에 본부를 두었다.

인민군의 남하는 다양한 반응을 일으켰다. 열심히 통일운동을 했거나 남로당에 관련되었다는 이유로 경찰과 청년단에게 지긋지긋하게 시달리던 이들은 구원자를 만난 기쁨으로 열렬히 인민군을 환영했다. 반면, 전쟁을 두려워하는 보통 사람들에게 인민군은 공포의 대상이었다. 박판수와 함께 열심히 통일운동을 했던 박호윤조차 인민군이 밀고 내려오는 것을 보고 피하려다가 도랑에 넘어져 다리를 다치기도 했다. 보통 사람들은 무조건 전쟁을 피해 보따리를 싸 들고 피난을 떠났다. 인민군이 밀고 내려오는 앞길에는 수많은 피난민이 제각기 이불 보따리며 밥그릇, 옷가지를 이고 지고 걸어왔다.

미처 피난을 가지 못한 채 인민군을 맞이한 보통 사람들은 두려움에 사로잡히기 마련이었다. 그러나 인민군은 철저할 정도로 규율이 엄격해서 거의 민폐를 끼치지 않았다. 곡물이나 짐승을 마구 잡아간다거나 여자를 강간하는 일 따위는 있을 수 없었다. 여자들이 무서워 집 안에 숨어 있으면 자신들은 사람을 해치지 않으니 아무 걱정 말고 나와서 시원한 물이나 좀 떠다 달라고 부탁하는 정도였다.

인민군이 점령한 2개월여 동안 행정관청 일을 보거나 군수물자를 나르는 부역에 종사한 이들의 상당수는 자발적이었다. 비자발적이라 하더라도 폭력적으로 끌고 나오는 일은 거의 없었다. 인민군은 폭력적이고 잔인한 이남 군대와 비교할 수 없이 엄격한 규율을 가지고 있었다.

인민군 점령지 주민을 공포에 떨게 한 것은 인민군이 아니라 미군의 폭격이었다. 쌕쌕이라 불리던 미공군 제트기는 거의 하루도 빠짐없이 하늘을 날아다니며 기관총 세례를 퍼부었다. 대형폭격기는 기러기 떼처럼 날아다니며 마을을 불바다로 만들었다. 미군기의 공격목표는 인민군 점령지대에서 살아 움직이는 모든 것이었다. 건물 폭격은 물론, 피난민 대열을 발견한 제트기는 마치 사격연습이라도 하듯 하늘을 맴돌며 교대로 내려와 불꽃을 뿜어댔다.

전쟁이 난 줄도 모르고 친정집에 왔던 하태연은 두 아이를 데리고 오도 가도 못하고 갇혀버렸다. 동산리 시댁에 돌아가고 싶어도 매일 미군기가 날아다니며 공습을 해대니 길 떠날 엄두가 나지 않았다. 남편이 멀쩡히 살아 내려와 문산읍에 주둔하고 있는 줄도 모르는 채, 인민군이 행진해 지나가면 저 속에 남편이 있지는 않은지 뚫어져라 살펴보며 하루하루를 지냈다.

7월 18일경이었다. 그날도 아이들을 데리고 공습경보를 피해 숲속에 숨었다가 친정집에 돌아가니 손님이 와 있었다. 동산리 시댁 옆집에 사는 바우엄마였다. 박판수가 집으로 사람을 보냈는데 친정에 갔다고 하자 이웃집 아줌마에게 전갈을 부탁한 것이다. 바우엄마가 내놓은 쪽지에는 그리고 그리던 남편의 필적이 있었다.

'진양군 당책으로 문산성당에 와 있으니 항공 조심해서 아침 일찍 찾아오시오.'

정말 꿈인가 싶었다. 그날 밤을 새우면서 몇 번이나 다리를 꼬집어봤다. 혹시 꿈이나 아닌지, 살점을 꼬집어도 보고 혼자 웃어도 보고 뒤척이느라 한숨도 잘 수가 없었다. 정말 길고도 긴 밤이었다.

공습이 없는 이른 시간을 틈타 이동하려고 다음 날 새벽에 일어나 친정어머니가 해준 밥을 먹는데 마음이 들떠 수저가 입에 들어가는지 코에 들어가는지 몰랐다. 여름 농촌은 쌀밥 구경도 못하던 시절인데 친정어머니가 먼 길 간다고 쌀밥을 해주었음에도 부드러운 쌀알이 모래알처럼 굴러다니는 기분이었다.

꼭두새벽에 길을 나서 문산성당에 도착하니 인민군들이 친절히 안내했다. 본당 안쪽 큰 책상에서 업무를 보고 있던 박판수는 가족이 왔다는 보고를 듣고는 부끄러움도 없이 마구 달려 나와 큰 소리로 반가워했다. 보는 눈도 많은데 덥석 껴안을 수는 없었다. 어색하게 두 아이를 내려놓고 아버지에게 가보라고 했더니 박판수는 아들보다 먼저 딸을 덩실덩실 안아 흔들며 좋아했다.

"어디 보자. 우리 현희 많이 컸구나."

아버지 없이 자라난 아들은 말을 배울 때부터 먹물 찍힌 것만 봐도 아버지, 지나가는 청년만 봐도 아버지, 자전거만 봐도 아버지 했다. 그런데 막상 아버지에게 가보라고 등을 떠미니 아직 말도 제대로 못 하는 것이 고개를 돌리며 말하였다.

"아버지 아니구만? 인민군이구만?"

박판수는 사복을 입었는데, 장총을 멘 보위병 두 사람이 옆에 붙어 있으니까 아버지도 인민군이라고 생각한 것 같았다. 다들 호탕하게 웃고 말았다.

문산에서 잠을 자는데 새벽에 시댁에서 사람이 왔다. 시어머니 정하녀가 사망했다는 소식이었다. 하태연은 소식 전하러 온 사람을 따라 바로 아이들을 데리고 동산리 집으로 출발했다. 남편은 바빠서 함께 갈 수 없었다.

집에 가보니 상을 당했는데도 미군기의 공습 때문에 사람이 모이지 못해 장례준비도 제대로 못하고 있었다. 밤이 되어서야 장례절차에 들어갔는데, 인민군의 호위를 받으며 박판수가 나타났다.

"어머니, 어머니……."

박판수의 애통해하는 곡소리는 듣는 이의 가슴을 후벼내는 듯했다. 누가 보아도 우아하고 품위 있던 어머니였다. 하태연에게도 유난히 다정했던 시어머니였다. 시어머니는 못내 그리던 막내아들이 부르는 소리를 뒤로하고 어두운 밤중에 매장되었다.

가족이 다시 만난 기쁨도 잠시, 전선을 코앞에 둔 박판수는 비통해할 사이도 없이 문산으로 돌아가고, 하태연과 아이들은 그대로 집에 눌러앉았다.

이 무렵 인민군과 미군은 마산 근방에서 치열한 공방전을 벌이고 있었다. 인민군을 따라 내려온 이북의 당 기관이며 인민위원회 같은 고급기관은 진주 옥봉동에 임시 사무실을 마련하고 인민군 지원 사업에 여념이 없었다. 이들 기관과 군당, 면당의 주요임무는 이북에서 내려온 인민군 군수물자를 최전선으로 보내는 일과 인민군을 모집해 보내는 일이었다. 토지 무상분배며 작황 조사, 현물세 징수 같은 일도 중요했다.

군수물자 수송은 주로 청년단이 맡았다. 낮에는 미군기가 종일 날아다니며 폭격하기 때문에 식량이며 포탄, 총탄 같은 군수물자는 밤을 이용해 날라야 했다. 군당으로 매일 몇 명을 동원하라는 지시가 내려오면 각 면당에 이를 하달해 이백 명이고, 삼백 명이고 인원수를 채워야 했다. 다리라는 다리는 모두 끊어진 상태라 동원된 인력은 한밤중에 쌀이나 탄약을 지고 강물을 건너야 했는데 무기든 쌀이든 물에 젖으면 안 되었다. 무기도 문제지만, 한여름이라 쌀은 물에 젖었다가 꺼내면 바로 썩기 때문에 절대 적시면 안 되었다.

토지를 무상으로 몰수해 가난한 이들에게 나눠주는 일과 가을 작황을 조사해 현물세를 매기는 일은 인민위원회가 맡았다. 이승만 정부는 전쟁이 터지기 몇 달 전, 대지주의 토지를 유상으로 몰수해 원하는 농민에게 유상으로 분배해놓고 있었다. 이를 다시 무상으로 몰수해 모든 사람에게 골고루 나눠주었다. 작황 조사는 논마다 일일이 돌아다니며 벼에 달린 낱알 숫자를 세서 평균을 내 세금을 매겼다.

여성동맹의 임무는 주로 인민군에게 반찬거리나 세면도구 같은 위문품을 보내는 일이었다. 쌀은 이북에서 내려온다손 치더라도 채소나 과일 같은 부식까지 싣고 올 수는 없기 때문이었다. 여성동맹은 또 청년동맹과 함께 전방 인민군을 위로 방문해 노래공연이나 연극공연을 하기도 했다.

이런 과정에서 중요한 것은 민심을 이반시키지 않는 일이었다. 진양군에 진주한 인민군은 물론, 현지의 토착 좌익들이 최대한 민폐를 끼치지 않고 인명을 손상하지 않게 하여 민심을 수습하는 것이 박판수의 가장 큰 임무였다. 다른 지역은 몰라도, 박판수가 진양군을 관리한 두 달 동안 진양군에는 인민재판으로 처형되거나 억울하게 죽은 사람이 없었다.

박판수는 하태연에게도 진성면 여성동맹위원장직을 맡겼

다. 사회주의가 뭔지, 여성동맹이 무엇이고 무슨 일을 해야 하는지도 모르면서 얼떨결에 맡은 직책이었다. 남편은 문산에서 그대로 생활하고 하태연은 동산리 시댁에서 부녀회 활동을 시작했다.

마침 서하에서 친하게 지냈던 김영순도 자신에게는 외가가 되는 동산리 집에 와서 살고 있었다. 김영순에게는 외삼촌이 되는 박호윤이 서하국민학교에서 진성군 진성국민학교로 전근을 오면서 따라온 것이었다. 하태연은 김영순과 함께 진성면 16개 부락에 여성동맹위원회를 결성하는 일부터 시작했다. 이를 위해 매일 아침부터 한밤중까지 돌아다니며 사람을 만나 설득하고 조직하느라 시간이 어떻게 가는지 몰랐다.

아들은 아직 작아서 김영순과 교대로 등에 업고 돌아다닐 수 있었지만, 딸은 집에 놔두고 다닐 수밖에 없었다. 어린 딸은 아침만 되면 따라가겠다고 난리를 쳤다. 동구 밖까지 악착같이 울며 따라왔다. 때리기도 하고 달래기도 해서 도망치다시피 집을 나서야 했지만 어떤 날은 기어이 따라와 김영순과 함께 다니기도 했다.

유난히 무더운 여름이었다. 뜨거운 땡볕 아래 무거운 아이를 업고 미군기의 폭격을 피해가며 온종일 돌아다니다 보면 녹초가 되기 일쑤였다. 그래도 남편과 함께 보람 있는 일을 한다는 자부심으로 힘든 줄도 모르고 열심히 다녔다.

여성동맹의 제일 큰일은 인민군에게 부식을 지원하는 일이었다. 면 아래 다시 마을 단위로 조직된 여성동맹원은 최대한 민가에 부담을 주지 않는 범위에서 조금씩 부식거리나 간식거리를 갹출해 인민군에게 제공했다. 엿 160근을 갹출하기도 하고, 호박, 가지, 고추, 간장, 된장 등 부식물이며 셔츠, 팬티, 수건, 양말 등을 차출하기도 했다. 거둬들인 보급품은 군당으로 모은 다음 청년동맹원이 밤길을 타고 이웃 군 경계까지 날라주면 그곳에서 기다리고 있던 이웃 군당 사람들이 인수해 최종적으로 전선의 인민군에게 전달되었다. 비행기와 배로 막대한 군수품을 들여오는 미군에 비하면 소박하기 짝이 없는 군수보급이었으나 다들 열심히 일했다.

하태연 자신도 마찬가지였지만, 대부분 사회주의에 대해 아무것도 모르는 여성동맹위원들에게 사회주의 이념을 가르치는 것도 주요 임무였다. 마을 단위로 18세 이상 35세 이하 여성을 모아 군당에서 파견된 정치지도원을 데리고 가서 학습을 시켰다. 하태연도 학습시간마다 맨 앞에 앉아 열심히 귀담아들었다. 그러다 보니 사회주의가 뭔지, 민족이 뭔지 조금은 알 것 같았다.

미군의 폭격만 아니면 인민군 점령지역은 평화로운 편이었다. 인민군은 동네 아이들을 모아놓고 '김일성 장군의 노래'나 '스탈린 대원수의 노래' 같은 걸 가르쳐주었을 뿐, 함부로 사람을 사살하거나 괴롭히는 일은 거의 없었나. 미처 피난 못 긴 부잣집이나 군경가족, 친일파 출신에게는 괴로운 일이었겠지만, 피비린내 나는 집단 유혈극은 일어나지 않았다. 적어도 박판수가 관리한 진양군당 영역에서는 그랬다.

팽팽한 긴장 속에서나마 좋았던 시절은 그리 오래가지 않았다. 하태연이 여성동맹 일을 시작한 지 두 달도 채 안 되어 전세가 갑자기 악화하였다. 미군의 인천상륙작전으로 서울이 함락되면서 포위 상태가 된 인민군에게 후퇴명령이 떨어진 것이다.

9월 20일경, 진양군당도 철수대열에 합류했다. 박판수는 급히 처남 하치양을 동산리로 보내 하태연과 아이들을 지리산으로 데려오게 했다. 하태연은 다른 여성동맹 간부들이 떠나기 전에 오빠와 함께 먼저 동산리를 출발했다.

국군이 들어오는 지역에는 광범위한 보복극이 벌어지고 있었다. 인민공화국에 가담했던 사람, 인민군에 노역을 제공한 사람은 모조리 잡혀가 맞아 죽거나 폭행당했다. 진양군에서도 인민군이 밀려왔던 초창기에 인민재판이 열려 우익교사 하나가 박판수의 구명노력에도 불구하고 죽임을 당한 일이 있었고, 이에 대한 보복으로 관련자가 모조리 경찰지서로 불려가 매를 맞거나 고문을 당했다. 하태연과 함께 여맹 활동을 했던 김영순도 피난 대열에 합류했다가 포기하고 집으로 돌아갔는데, 그 문제로 몇 차례나 경찰에 불려가 혼이 났다. 박판수의 아이들을 돌봐주었을 뿐이라고 버텨 폭력이나 고문은 면했으나 말 한마디가 죽음을 부르던 시절이었다. 그래도 경찰이 그녀를 비롯한 진양군 좌익동조자들에게 관대했던 것은 박판수가 사람을 죽이지 않았을뿐더러 오히려 여러 사람을 죽음에서 건져주었다는 주변 사람들의 탄원 덕분이었다.

사실 다른 지역에서는 인민군 점령기간 동안 우익인사가 군중에 맞아 죽는 일도 적지 않았다. 그 시작은 이승만이 벌인 보도연맹 학살이었다. 아버지나 형제를 잃은 가족이 보복을 한 것이다. 하지만 다시 돌아온 우익은 자신들이 시작한 대학살의 잘못은 인정하지 않고, 오로지 좌익이나 그 동조자에 대한 보복으로 광분했다.

언제 다시 고향에 돌아올지 알 수 없는 길이었다. 어쩌면 영원히 돌아올 수 없는 길이었다. 하태연은 작은아이를 업고 하치양은 큰아이를 업은 채 밤길을 걸어 지리산으로 향하는데, 한량없이 무거운 마음을 감출 길이 없었다.

지리산이 가까워지면서 피난행렬은 점점 늘어났다. 진주, 사천, 하동 방면에서 올라온 사람들이었다. 무리 지은 황소 등에 무기와 탄약을 실은 인민군도 있고, 하태연처럼 부녀회 활동을 하다가 보복이 두려워 피난대열에 합류한 부녀자도 있었다. 일단 지리산으로 올라가 소백산맥을 거쳐 태백산맥을 따라 이북으로 가려는 것이었다.

어두운 밤길을 묵묵히 걸어가는 피난민의 표정은 무겁기만 했다. 하지만 하태연의 마음은 암담하지만은 않았다. 그토록 그리던 남편과 함께 가는 길이었다. 온 가족이 함께 살 수만 있다면 이대로 이북까지 걸어가든 지리산으로 들어가든 두려울 게 없었다.

밤중에 백 리 길을 걸어 도착한 곳은 지리산 맨 동쪽 마을인 삼장면이었다. 덕천강을 가운데 두고 동으로는 달뜨기능선이, 서쪽으로는 지리산 최고봉인 천왕봉 일대가 올려다보이는 곳이었다. 박판수는 진양군당 사람들과 미리 와 있었다. 서로 반가워할 여유도 없었다. 민가에서 잠시 눈을 붙이고 일어나 밥을 해 먹으니 출발이었다.

진양군당은 달뜨기능선에 자리 잡기로 했다. 달뜨기능선은 지리산 동쪽 끝을 에워싸고 흐르는 경호강을 따라 병풍처럼 북에서 남으로 뻗은 산줄기였다. 경호강 방면은 산세가 험해 바로 올라가기 어려워 삼장면을 지나 평촌마을에서부터 돌아 올라가야 했다. 진양군당 수십 명 인원이 몇 시간을 걸어 올라가 계곡물이 흐르는 작은 골짜기에 자리를 잡았다. 딱바실골이라는 곳이었다. 전세에 따라 계속 이동하기는 했으나 딱바실골은 이후 수년간 진양군당의 거점이 되었다.

전쟁 이전부터 빨치산이었던 이들은 산 생활에 능숙했다. 박판수가 군당 조직책과 뚝딱뚝딱하더니 금방 천막 두 개를 만들었다. 긴 나뭇가지를 잘라 원뿔 모양으로 펼쳐 세우고 누렇게 물들인 광목을 덮어 임시로 만든 가옥이었다. 순식간에 집 두 채가 생기는 것을 본 하태연은 무척이나 신기해서 앞으로 집 걱정은 하지 않아도 되겠구나 생각했다.

6.

앞산

인민군의 전략적 후퇴에서 제1비상선은 함양이고 제2비상
선은 대전이었다. 그런데 함양군에 국군이 먼저 진입하자 마
천에 집결하게 되었다. 경남 낙동강 전선에서 후퇴한 인민군
과 인민공화국 부역자들은 산청군 시천면과 삼장면 일대로 모
여들고 있었다. 인민군은 삼장면 입구 덕산에 최후 방어망을
치고 주력부대는 대원사계곡을 통해 지리산으로 들어갔다. 인
민군과 빨치산이 장악한 덕산 안쪽 시천면과 삼장면 일대는
해방구가 되었다. 인민군은 덕산 입구를 봉쇄하고 지나는 사
람과 차량을 검문해 들여보냈다.

　　해방구가 된 대원사골 입구에는 인민군이 끌고 온 차량이
며 소가 곳곳에 널려 있었다. 차량은 주로 방호산이 이끄는 인
민군 6사단 포병부대가 버리고 간 것이었다. 소는 사천, 고성,
하동 방면에서 후퇴하면서 들판에 방목되어 있는 것을 징발
해 무기나 식량을 싣고 온 것들이었다. 인민군 주력부대는 방

치된 소를 박판수의 진양군당에 인계해 주인을 찾아주라고 부탁하고 대원사를 거쳐 지리산 주능선으로 빠져나갔다.

이 무렵 함양군 휴천면에 근거를 두고 있던 경남도당은 남경우가 위원장을 맡고 허동욱이 부위원장을 맡았는데 김병인과 조병화도 차례로 부위원장으로 활동하고 있었다. 경남도당 산하 진양군당을 맡고 있던 박판수는 얼마 지나지 않아 진주시당 위원장이 전투 중 사망하자 진주시당 위원장까지 겸하게 되었다.

진양군당은 박판수 위원장 아래 유용산이 인민위원장을 맡았다. 유용산은 전북 고창 출신으로, 전쟁 전에 이북에서 열린 전국대의원대회에 대의원으로 올라갔다 내려온 사람이었다. 선전부장은 전영섭으로, 전쟁 전에 서대문형무소에 수감되었다가 전쟁과 함께 석방된 사람이었다. 민주청년회는 정구현이 위원장직을, 유학수가 부위원장직을 맡았다. 여맹위원장은 유순금, 여맹위원회 여성지도원은 하양숙이었다. 하태연은 군당 산하 진성면 여맹위원장직을 그대로 유지했다.

갑작스러운 후퇴로 혼란스러운데다, 이후 계속되는 공격에 죽거나 체포당한 인원이 늘어나 군당요원의 숫자는 유동적이었다. 초창기에는 산에 몰려든 인원이 백여 명이 넘었고 도당이나 다른 군당, 그리고 국방군 지역이 된 민가에 드나드는 조직부 비밀연락원까지 십여 명이 수시로 드나들었으나 잇단 전사와 체포로 점차 줄어들었다.

두 아이를 데리고 며칠을 지낸 박판수는 아내에게 아이들과 함께 인민군을 따라 이북으로 가라고 권했다. 자신은 전쟁 전과 마찬가지로 지리산에 남아 빨치산 활동을 할 계획이었다. 세 살짜리까지 두 아이가 딸려 있으니 전투에도 방해될 뿐 아니라 아이들의 생명도 위험하다고 본 것이었다.

하태연은 인민군을 따라가라는 남편의 말을 완강히 거부했다. 죽어도 함께 죽어야지 알지도 못하는 사람들과 함께 생면부지의 이북 땅에 올라갈 수는 없다고 버텼다. 현실적으로 이북 전역이 빠르게 미군에 장악되고 있어서 올라가기도 쉬운 일이 아니었다. 인민군 주력부대도 추풍령 일대에서 막혀 지리산으로 돌아오는 판이었다. 박판수는 버럭 화를 내며 인민군을 따라가라고 야단쳤지만 고집 센 아내에게 더는 강요할 수가 없었다.

하태연은 지난 2년 동안 떨어져 살며 불안하고 힘들었던 생각을 하니 죽는 한이 있어도 따라다니고 싶었다. 이북으로 갈 엄두도 안 났지만, 고향으로 돌아갈 수도 없었다. 여맹위원장으로 활동한 것도 있고 해서 고향에 내려가면 무슨 일을 당할지 알 수 없었다. 차라리 유격대와 함께 있으면 도망이나 다닐 수 있지, 잔인한 우익에게 붙잡히면 맥없이 무슨 일을 당할지 두려웠다.

하태연은 비무장인 당원, 여성동맹원 등 30여 명과 함께 산간마을로 내려갔다. 산청군 시천면 중산리에 있는 조그만 산골 마을 대밭골이었다. 빨치산은 이들처럼 여성동맹원 부녀자, 당원의 늙은 부모 등 비무장 피난민을 '투쟁인민'이라 불렀다. 투쟁인민은 평소에는 유격대원의 취사와 빨래를 맡고 땔감을 채취하다가 전투가 벌어지면 점령지에서 노획한 식량이나 무기 등을 나르는 게 임무였다. 하태연에게는 식사계 담당이 주어졌다.

인민군이 긴급히 징발해 온 소를 주인에게 돌려줄 임무는 진양군당에 떨어졌는데 이미 적진이 된 사천, 고성까지 내려가 돌려줄 수는 없었고 주인이 누군지도 몰랐다. 박판수는 인민군으로 내려왔다가 북상을 거부하고 빨치산활동을 자원한 이인모 등에게 소를 지키게 하는 한편, 시간 나는 대로 평촌, 삼장 등 주변 마을에 소 없는 집을 골라 한 마리씩 나눠주었다. 그래도 나눠주지 못한 소는 하나둘 잡아먹다 보니 한동안 소고기 잔치가 벌어졌다.

여섯 살짜리 현희가 그렇게 많은 소를 한꺼번에 본 것은 처음이었다. 맑은 물이 흐르는 계곡 곳곳에 누런 한우가 수십 마리나 널려 풀을 뜯어 먹는 광경은 경이로웠다. 제대로 요리할 겨를도 없는 빨치산은 소를 잡으면 육회로 먹는 일이 많았다. 어린 현희도 한동안 간이나 천엽, 육회 등을 많이 먹었다. 그때의 기억 때문에 한참 뒤까지도 현희는 '소는 산에 있다'고 생각했다. 마을에 있을 때는 송이버섯을 밥처럼 먹어 산에는 송이버섯이 지천으로 깔린 줄 알았다.

덕산 안쪽 해방구가 유지된 것은 후퇴 초기의 짧은 시간뿐이었다. 국방군과 경찰이 합동으로 조직한 군경토벌대는 점차 드세게 공격해 오기 시작했다. 매일 벌어지는 전투와 미군기의 공습에 쫓겨 이리저리 피신하다가 밤이면 다시 마을에 돌아와 지친 몸을 눕히는 게 고작이었다. 후퇴 초기만 해도 한 마을에 오래 머물렀으나 얼마 지나지 않아 토벌대가 빨치산이나 그 가족이 은거할 만한 마을은 모조리 불태워버리는 바람에 떠돌이가 되어야 했다. 한동안 머물던 대밭골이 불타버린 후에는 평촌으로 옮겨 며칠 기거하다가 다시 다른 동네를 찾아 이동하지 않으면 안 되었다.

며칠 안전하다 싶으면 새벽에 산골 여기저기 포탄이 떨어지며 천지가 진동하는 소리가 울리기 시작했다. 뒤를 이어 마치 벌겋게 달아오른 가마솥에서 콩이라도 볶듯 자갈자갈 총소리가 들려왔다. 매일 겪는 일임에도 총포 소리가 끊기 시작하면 혼이 쑥 빠져 달아나는 기분이었다. 몇 초라도 더 머물렀다간 포탄이 날아와 아이들을 죽일 것처럼 오금이 저렸다. 정신없이 짐을 싸 들고 산길을 내달았다. 어린것 하나는 등에 업고 하나는 손을 잡고 걸렸다. 아이들 등에는 옷가지며 덮개, 콩가루며 쌀, 소금 따위를 묶어주었다.

토벌대가 중산리 쪽에서 들어오면 고개 너머 내원사 골짜기로 피하고, 내원사 골짜기로 밀고 들어오면 다시 대원사골로 피했다. 저녁이 되어 토벌대가 내려가면 마을로 내려가 빈집에서 잠을 자고 다음 날 새벽, 다시 부랴부랴 산으로 피신했다.

겨울에는 꽤 오랫동안 산속 깊은 곳 숯 굽는 움막에서 지냈다. 처음에는 토벌대의 방화를 피해 올라온 마을 사람들까지 함께 지냈으나 며칠 만에 다 내려가 버리고, 오다가다 들르던 빨치산 대원도 볼 수 없어져 나중에는 셋이서 춥고 무서운 숯막에서 겨울밤을 지내야 했다.

날이 추워지니 불을 피워야 하는데 빛이 새나가면 안 되었다. 숯가마 입구를 가리고 연기가 나지 않는 싸릿대나 마른 산죽 같은 나무로 작은 불을 피워놓고 겨우 손이나 녹여가며 오돌오돌 밤을 지내고 나면 새벽부터 '꽝' 하는 대포 신호와 함께 총소리가 자글거렸다. 토벌대가 올라오면 숯가마부터 뒤질 테니 밖으로 나와 어디든 숨어야 하는데, 하나를 등에 업고 딸은 한 손에 꼭 잡고 험한 산길을 이동하자니 죽을 것처럼 숨이 찼다. 얼마쯤 가다가 숨이 막혀 더는 못가고 숨을 곳을 찾는데, 바위틈에 들어가 보면 여기도 찾을 것 같고, 산죽 속에 숨으면 더 위험해 보여 이리 갔다 저리 갔다 안절부절못했다.

토벌대는 사람이 숨어 있을 만하다 싶으면 무조건 총부터 갈겨댔다. 숨어 있기에 가장 좋은 곳이 가장 위험한 곳이었다. 사람이 숨을 수 없을 것처럼 보이는 비좁은 바위틈으로 기어들어가 입구를 나무로 막아두고 있으면 떼로 몰려다니며 닥치는 대로 총을 쏘아대는 토벌대가 내다보였다. 그렇게 몇 시간을 숨어 있는데, 두 아이는 기특하게도 숨소리 하나 내지 않고 잘 버텨주었다. 혹시 기침이라도 할까 봐 아들은 가슴을 열어 젖을 물리고, 딸은 손으로 입을 막았다. 딸애는 그래도 갑갑하다는 반항 하나 없이, 오히려 엄마 손이 얼굴에 닿는 게 좋아서 작은 손으로 엄마 손을 꼭 누르고 있었다.

산중의 겨울이라 오후 3시만 넘으면 해가 사라져 매섭게 추웠다. 토벌대도 그 시간이면 철수를 시작해 어둡기 전에 썰물처럼 내려가 버렸다. 그래도 깜깜할 때까지 기다렸다가 더듬더듬 산길을 내려와 숯가마에 숨어들었다. 어린것들은 밤길이 무서운 줄도 모르고 '김일성 장군의 노래'며 '스탈린 대원수의 노래'를 불러댔다. 그러면 주변에 숨었다가 살아난 다른 사람들이 웃으며 귀여워해주었다.

가끔은 작은오빠 하치양이 세 식구를 찾아오곤 했다. 유격대에 합류한 하치양은 보급투쟁을 나가서 좋은 옷을 얻으면 꼭 챙겨다가 누이동생과 어린 조카들을 입혔다. 많은 짐을 들고 다닐 수가 없으니까 누이 줄 옷은 자기가 겹겹이 껴입고 애들 것은 목이며 허리에 두르고 올라왔다. 쌀이며 된장 고추장 같은 먹을거리를 갖다 주는 것도 하치양이었다.

함께 이동할 때면 아이들은 외삼촌 등에 꼭 달라붙었다. 하치양은 허허 웃으며 좋아했다.

"에이 산골 촌놈들아, 살려고 이리 달라붙는구나. 꽉 잡아라."

해방되던 날, 하태연은 조국이 자유를 찾았다는 기쁨도 기뿐이지만 작은오빠 하치양이 감옥에서 나오게 되었다는 게 더 없이 기뻐 눈물을 흘렸다. 산에 들어온 후로 남편 얼굴은 거의 볼 수 없는 가운데 가끔씩 남편의 지시로 자신을 돌봐주러 오는 오빠가 그렇게 반가울 수가 없었다.

얼마 못 가 하치양이 토벌대의 총에 맞아 사망했다는 소식을 들었다. 그녀는 가슴을 칼로 도려내는 아픔에 하염없이 울었다. 겁이 없고 부지런한 하치양은 전투가 끝난 현장에 내려가 무기를 수거하다가 매복한 토벌대의 총에 맞아 죽었다. 용감한 그는 길지 않은 빨치산 활동기간 동안 두 개나 되는 훈장을 받은 사람이었다.

하태연의 생각에 토벌대가 죽이는 이들은 단순한 좌익이 아니었다. 모두 숨죽이고 살던 그 엄혹한 시절, 일제에 항거해 투쟁하던 진정한 애국자였다. 친일 경찰과 친일 지주가 새로운 침략자로 온 미국과 손을 잡고 그 귀한 애국자를 학살한다는 생각밖에 들지 않았다. 그 원한은 죽는 날까지 결코 잊을 수 없을 것이었다.

이 점은 다른 대다수의 빨치산 출신도 마찬가지였다. 그들에게 빨치산 투쟁은 이념의 옳고 그름을 떠나, 항일애국지사가 주축이 된 반외세 투쟁이었다. 이들을 학살한 세력에 대한 분노는 이념을 넘은 민족적 감정이었고, 대부분의 빨치산에게 죽는 날까지 잊을 수 없는 원한으로 남았다. 전쟁 후 이남 사회에 적응해 살아가면서도 끝내 그들의 조국이 대한민국이 아닌 이북일 수밖에 없는 이유였다. 이남 사회가 어떻게 변화하고 발전하더라도 그 존재 자체를 인정하지 못하는 이유였다.

끔찍한 겨울이었다. 여름에는 그토록 무덥더니 겨울이 되니 어느 해보다도 혹독한 추위에 엄청난 눈이 쏟아졌다. 본래 눈이 별로 없는 남쪽 지방에 살았던 하태연은 평생 그렇게 많은 눈을 본 적이 없었다. 그나마 눈은 쌓이기나 하지 진눈깨비로 쏟아지는 날은 너무 힘들었다. 눈 녹은 물이 숯가마에 흥건히 스며들면 아이들 하나 앉힐 데가 없었다. 그래도 밤이면 잠이 쏟아져 물기가 적은 바위틈에 바짝 붙여 딸을 눕히고, 아들은 배 위에 올리고, 자신은 차가운 물 위에 그대로 누웠다. 냉기와 졸음으로 가물가물 정신을 잃노라면 이대로 죽는 건 아닌지, 내일 아침에 일어날 수 있을지 두려웠다.

쏟아지는 잠을 못 이겨 선잠을 자다 깨면 문득 사천 고향 집이 떠오르기도 했다. 가을 아침, 광활한 황금 들판 가득 이슬 맺힌 벼 잎사귀들이 반짝이는 풍경이 떠올랐다. 봄에는 대문 바로 앞에서 쑥을 캐 국을 끓이고 가을이면 잠깐 나가 논고동을 파서 삶아 아버지 밥상에 회무침해 올렸던 기억이 떠올랐다. 초여름 밤이면 뽕밭에 반딧불이 날아다니고, 큰 비 내리는 장마철이면 마당에 분수가 생겨 맑디맑은 물이 퐁퐁 쏟아지는 집이었다. 서예를 좋아하던 아버지가 가꾼 화단에는 사시사철 꽃이 피어 있었다. 봄꽃, 여름꽃, 가을꽃 그리고 한겨울에도 꼭 한두 송이 국화는 귀하게 남아 계절의 끝자락을 지켰다. 고향 집에는 뒷도랑도 있었다. 고요한 밤, 등잔불 앞에서 도랑물 흘러가는 소리를 들으며 무슨 시인이라도 되는 양 일본말로 시를 지어 읊던 고운 시절이 꿈결처럼 오락가락했다.

한편, 경남도당은 진양군당과 진주시당을 맡아 성공적으로 임무를 수행해온 박판수에게 새로운 임무를 부여했다. 북상을 하지 못하고 덕유산 일대에 몰려 있는 인민군 병력을 수습해 경남도당 산하 유격대로 편입시키라는 명령이었다.

이를 위해 박판수에게는 경남도당북부블럭 책임자라는 지위가 주어졌다. 블럭이란 용어는 얼마 후 지구당으로 바뀌었다. 거창, 산청, 합천, 함양 등 경상남도 서북부지역 전체 군당을 관할하는 지구당 위원장이 된 것이다. 전쟁이 일어나기 전 김병인에게 인수해 책임지고 있던 지역 전체와 함께 더 넓은 지역을 총책임지게 되었다. 1950년 10월 중순이었다.

이현상이 이끄는 남부군 등 소규모 부대들은 무사히 소백산맥과 태백산맥을 거쳐 강원도 철원지방까지 북상해 있었다. 그러나 인민군 6사단 등 경남과 전남에 주둔했던 대병력은 추풍령 고개를 장악한 미군과 국방군에 가로막혀 북상이 저지되고 말았다. 이북과 연락도 원활하지 않은 상태에서 이들은 조직되지 못한 채 소부대 단위로 흩어져 개별적으로 보급투쟁을 하느라 시간을 보내고 있었다. 그러나 유격전이든 보급투쟁이든 지역사정에 밝은 군당이나 면당의 도움이 없이는 피해만

가중될 뿐이었다.

덕유산은 지리산과 마찬가지로 전북도당과 경남도당의 경계가 겹쳐 있는 곳이라 이미 전북도당에서는 각 조직계통을 보내 이들을 전북도당 산하 유격대로 편입시키고 있었다. 박판수는 경남도당의 조직책임자가 되어 파견된 셈이었다. 경남도당은 이 일을 효과적으로 수행하기 위해 도당 지도부까지 한동안 덕유산 논골에 올라가 있었다.

덕유산에 머물고 있던 인민군 부대는 이청송이 이끄는 남해여단과 6사단 포병대인 102부대와 105기동연대 등이었다. 박판수는 덕유산을 누비고 다니며 이들을 만나 북상을 포기하고 경남유격대에 들어와 후방교란 작전을 펼치도록 설득했다. 이미 이북의 인민군총사령부에서도 북상을 중지하고 전력을 재편성해 유격전을 펼치라는 명령이 내려와 있기도 했다.

북상 중지령은 중국군의 참전으로 인한 것이었다. 10월 하순부터 중국군이 밀고 내려오면서 전세는 빠르게 역전되고 있었다. 강원도 철원까지 올라갔던 이현상부대도 그곳에서 인민군과 남한 출신 등을 합쳐 800여 명의 대부대를 편성해 다시 남하하는 중이었다. 빨치산 부대 중 가장 큰 규모로, 남부군이라 불리게 되는 부대였다.

경남도당 유격대는 조영구 사령관의 지휘 아래 인민군 출신과 지역 출신을 합쳐 315, 303, 815 등 몇 개 부대로 재편성했다. 315부대는 인민군 6사단 출신이 주축이 된 부대였다. 303

부대는 구빨치라 불리는 전쟁 이전 빨치산 출신과 지역 출신으로 구성된 부대로 지역 출신이 많은 만큼 활동력이 커서 불꽃부대라 불리며 활약했다. 조영구 사령관도 구빨치의 한 사람이었다. 815부대는 이현상부대의 뛰어난 전투사령관 중 한 명이던 이영회가 이끄는 부대로, 산하에 803, 805, 808 부대 등을 두었는데 역시 무장력의 규모가 크고 전투력이 좋아 크게 활약했다.

경남도당 휘하로 들어온 정규군 출신 중에는 특히 팔로군 출신의 전투능력이 뛰어났다. 지도부는 일제강점기부터 조선의용군에 편성되어 항일무장투쟁을 해왔고 대원들은 해방 후 중국공산당 팔로군에 들어가 장개석군대와 해방전쟁을 벌인 역전의 용사들이었다. 이들은 기동력만이 아니라 포 사격능력도 뛰어났다. 인민군이 후퇴하면서 가늠자를 빼서 버리고 간 박격포를 회수하여 눈대중으로 쏘아도 백발백중이었다.

팔로군 출신을 포함해 경남도당 산하에 편성된 빨치산은 얼마 후인 1951년 8월 이현상의 남부군이 내려오면서 모두 57사단으로 재편, 이영회 사령관의 지휘를 받게 된다. 57사단은 남부군의 주력부대로 토벌대를 괴롭혔다.

한편 경남지방 군당은 각기 30명에서 60명 정도의 유격대를 갖추고 활동했는데, 진양군 유격대는 웅선봉 달뜨기를 중심으로, 산청군 유격대는 산청군 지역에서, 합천군 유격대는 가야산 일대에서, 의령군 유격대는 자골산 일대에서, 함양군 유격대는 마천면을 중심으로, 하동군 유격대는 중산리에서, 사천군 유격대는 하계면 하계골에서, 거창군 유격대는 거창군 일대에서 활동했다. 박판수는 북부지구당 위원장으로서 진양군당, 거창군당, 산청군당, 합천군당, 함양군당 등을 모두 관할했다.

경남도당은 라디오와 녹음기에 자가발전기까지 갖추고 이북에서 송출되어 오는 조선중앙통신을 통해 명령을 받고 있었다. 녹취한 명령문이나 소식은 산중에서 발행하는 '경남로동신문'에 실어 경남도내 유격대원들에게 배부했다. 유격대는 이와 별도로 '경남빨치산신문'을 만들어 배포하기도 했다. 이들 신문은 전선의 소식은 물론, 세계 각국에서 일어나는 반제투쟁까지 다양한 내용을 담고 있었다.

1950년 11월 30일자 경남로동신문은 중국군이 밀물처럼 내려오는 현황을 보도했다. 10월 15일에 참전한 중국군이 20여 일 만에 미군을 청천강 이남으로 격퇴시키며 미군 460명, 국군 1,160명을 살상하고 미군 120명과 국군 3,778명을 포로로 잡았다는 기사였다.

중국군의 남하에 고무된 이 무렵의 경남도내 유격투쟁도 상당한 전과를 올리고 있었다. 이들 신문에 따르면 10월 29일부터 11월 16일까지 지리산에서 28회 교전으로 경찰 182명과 방위대 24명을 살상하고 포로 3명을 잡았으며 지서와 면사무소 등 관공서 38개소를 파괴하거나 소각했다. 또 수류탄 75개, 소총 87정 등 다량의 무기도 노획했다. 이런 소식이 경남도당뿐 아니라 전북도당, 전남도당으로도 전달되어 도당별로 발행하는 빨치산 신문에 실려 사기를 높이는 데 큰 역할을 했다.

조선중앙통신을 인용한 보도 중 국외에서 들어온 소식도 이들을 고무시켰다. 이 무렵 베트남 인민군은 백 년간 베트남을 지배해온 프랑스군을 대대적으로 공격해 연전연승을 거두며 수도 하노이 탈환을 앞두고 있었다. 미국의 식민지이던 필리핀에서 미국을 몰아내기 위해 활발한 독립투쟁이 벌어졌다는 소식도 있었다. 필리핀 공산주의 유격대가 퀴리노 정부의 조선 출병을 반대해 비행장 수개 소를 파괴하는 등 곳곳에서 무장투쟁을 벌이고 있다는 소식이었다. 영국공산당이 조선에 대한 침략전쟁을 중지하라고 선언했다거나 중국 유엔대표가 미국의 침략정책을 폭로하며 끝까지 투쟁하겠다고 결의했다는 소식도 있었다.

빨치산 지도부는 모든 정세가 유리하게 전개되고 있다고 판단했다. 이에 힘입은 경남 빨치산은 1950년 12월 5일 신원리의 삼엄한 토치카를 공격해 군경 49명을 사살하고 포로 10명을 잡는 대승을 거두었다. 토벌대는 빨치산의 해방지구 입구인 덕산을 집중공격하고 있었는데 12월 초 5백여 명의 토벌대가 동원되었으나 도리어 큰 피해를 입고 후퇴했다. 빨치산은 노련한 작전으로 토벌대를 포위해 포 1문, 중기 2정 등을 노획하고 31명을 살상하였으며 3명을 포로로 잡았다. 포로 중에는 미국인 고문도 포함되어 있었다. 잇달아 다음 날 벌어진 전투에서도 토벌대 40명을 사살하고 30여 명을 부상시키는 승리를 거두었다.

빨치산의 저항이 완강한 만큼 토벌대의 압박도 강했다. 경남로동신문은 1951년 1월 22일 진양군 한 마을에서 토벌대가 주민가옥 10여 채를 불태우고 자수자 등 남녀 21명을 총살 혹은 구타했으며 주민의 식량을 약탈해 갔다고 보도했다. 토벌대는 마을 부녀자 9명을 강간하고 45세까지의 남자를 진주방면으로 끌고 갔다는 내용이었다.

토벌대의 공세에 자수자가 속출하는 것도 사실이었다. 인민군 후퇴와 함께 입산했던 사람 중에는 별다른 사상적 준비도 없이 인민군 치하가 되면서 인민위원장이니 여맹위원장 등을 맡은 이들이 많았다. 이들은 끊임없는 전투와 굶주림 속에 자진해서 토벌대에 투항했다. 산청군당 소속 차황면당 위원장과 동면 인민위원장 등이 그들이었다. 그러나 자수했다고 해서 산다는 보장은 없었다. 자수를 하더라도 직책이 높았던 이들은 혹독한 고문이나 구타로 죽임을 당하거나 감옥에 보내졌다.

군경토벌대에 비해 빨치산의 대민규율은 철저했다. 인민군이 그랬듯이, 빨치산은 민간인에게 조금도 피해를 입히지 않도록 애썼다. 빨치산의 존재 자체가 지리산과 덕유산 주변 민간인에게 고통을 준 것은 어쩔 수 없다 하더라도, 개별적인 피해를 입히지 않도록 사상교육을 거듭하고 위반자에 대해서는 엄벌에 처했다.

빨치산은 대민정책을 인민규율이라 부르며 인민규율의 기치를 높이 들자고 강조했는데 간혹 이를 어기는 사례에 대해 지적하기도 했다. 예컨대 보급투쟁이나 전투에 나가서 주민의 식기나 족보, 소학교 교과서 등을 가져오는 사례가 적발되어 처벌받기도 하고, 특공대원이 주민을 동원하는 데 있어서 신발 신을 시간도 주지 않고 맨발로 나오도록 강압했던 사례 등이 지적되기도 했다.

지리산 전체가 들끓듯 매일 계속되는 전투 속에 하태연과 아이들은 혹독한 고생으로 겨울을 나고 있었다. 어떻게 지냈는지도 모르게 길고도 긴 겨울이 지나고 1951년 봄이 오니 남편이 보낸 연락원이 찾아왔다. 이동을 해야 한다는 말에 어딘지도 모르고 따라가 보니 달뜨기 능선이었다. 박판수는 덕유산 활동을 성공리에 마치고 경남도당 북부지구당을 이끌고 달뜨기 딱바실로 돌아온 것이다.

지구당에 합류했다고 해서 남편을 자주 볼 수는 없었다. 박판수는 정신없이 바빴다. 끊임없이 벌어지는 전투를 후방지원하고 경남도당 산하 민주청년동맹 하동군 선전부부장인 김교영 등 도당에서 내려오는 대원들과 회의를 열어야 했다. 다른 대원의 사기를 고려해 부부나 애인일수록 멀리 떨어뜨려놓는 것이 빨치산의 규칙이기도 했다. 전투대원도 아닌 하태연이 부인이라고 해서 쉽게 지구당 위원장을 만날 수는 없었다.

봄이 와서 이 골짝 저 골짝에 진달래가 만발했으나 추적은 더욱 심해졌다. 토벌대는 녹음시기가 다가오자 산마다 불을 질러 피할 곳을 없앴다. 미군기는 봄꽃이며 연녹색 새 잎사귀들이 아름다운 산등성이에 휘발유를 쏟아 붓고 네이팜탄이라 부르는 소형 원자탄을 떨어뜨려 불바다로 만들었다. 북부지구당도 토벌대에 위치가 노출되어 집중공격을 받아 버티지 못하고 감은골로 이동해야 했다.

토벌대는 빨치산은 물론, 그들에게 동조하는 가난한 민중을 철저히 유린했다. 경남로동신문은 3월 2일 자 보도에서 지리산 주변 마을에서 일어나는 민간인 학살에 대해 상세히 보여주고 있다.

"오늘 임시 후퇴하였던 용감한 인민군대들은 각 전선에서 원쑤들을 격멸소탕시키면서 진격하여 오고 있는 이때 죽어가는 원쑤들은 야수적인 학살정책으로 다시 이 땅을 무고한 인민들의 피로써 물들이고 있다.

금서면 반곡에서는 원쑤들이 사면 포위하고 들어와 전체 남녀노소 할 것 없이 불러내어 논밭에 엎드려 놓고는 눈을 감기고 경기, 중기로서 난사하여 전멸시키고도 시원치 않아 쓰러진 사체 위에 다시 수류탄을 던져 부락민 한 사람도 남기지 않고 학살하고 가옥 전부를 소각하였다. 이 학살 시 한 어머니는 자기는 죽으면서도 귀중한 자식을 사랑하는 어머니의 고귀한 자식에 대한 사랑은 자기 가슴에 끌어안았던 젖먹이 어린 것을 엎드려서 보호하다가 놈들의 총탄에 쓰러졌다.

그런 줄도 모르는 철없는 어린이는 총소리에 놀래어 학살당한 어머니의 젖가슴을 만지며 울고 있는 그 가여운 장면은 보통 사람이라면 눈뜨고 볼 수 없는 것이었다. 그러나 피에 굶주린 원쑤들은 그 어린 것의 발목을 거꾸로 치켜들고 요것이 죽지 않았다고 하면서 잔인무도하게도 카빈총으로 연약한 어린애의 머리에 계속 일곱 발이나 쏘아 죽였으며 이와 같은 방법으로 '방실, 중태, 자현, 방곡, 가현, 주안' 등 6개 리의 전체인민들을 모조리 학살하였으며 인민들 가옥도 전부 소각하였다."

빨치산의 활약은 토벌대를 흥분하게 할 만도 했다. 4월 30일에는 국군 16연대 1대대 6중대와 7중대 3백여 명이 중산리 앞 능선을 타고 올라오다가 빨치산 부대에 발견되었다. 빨치산은 아침 8시에 매복에 들어가 능선을 내려오는 국군을 냇가 부근에서 집중 사격하는 한편 돌격조가 토벌대 깊숙이 파고들어 바위를 사이에 두고 수류탄 투척전을 벌였다.

전투는 저녁 6시까지 계속되었는데, 밤이 되면서 철수한 국군이 곡점국민학교에 내려가 휴식을 취하자 빨치산이 이를 다시 기습해 삽시간에 36명을 사상시켰다. 이날 전투로 국군 43명이 죽고 6명은 생포되었으며 부상자도 수십 명에 이르렀다.

전열을 정비한 국군 2백여 명은 다음 날 다시 토벌을 시작했으나 역시 빨치산의 매복에 걸려 24명이나 사살당한 채 후퇴하고 말았다. 이런 식으로 번번이 빨치산에게 당한 토벌대는 독이 오를 대로 올라 무자비한 작전을 펼칠 수밖에 없었다.

빨치산의 거듭된 승리는 죽음을 두려워 않는 유격대원의 투지가 있었기에 가능한 일이었다. 잇단 승리의 한편으로는 많은 유격대원이 영웅적 죽음을 남겼다.

유격대원 조현철은 포위망에 걸리자 동료를 내보내려 악전고투를 벌인 끝에 부상당한 채 혼자 남았다. 조현철은 자기 머리에 권총을 대고 외쳤다.

"네 이놈들, 나는 지금 죽는다. 그러나 인민공화국 주위에 굳게 뭉친 조선 인민은 엄연히 살아 있다. 멀지 않아 너희에게 엄격한 심판을 내릴 것이다!"

그리고 자기 권총으로 머리를 쏘아 자결했다.

임정택은 포위망을 뚫고 나가다가 두 다리에 총을 맞아 움직일 수 없게 되자 역시 권총 자결을 택했다. 그는 다음과 같이 외친 것으로 전해졌다.

"네놈들에게 최후의 내 목숨을 끊게 할 수는 없다. 나는 조국과 인민을 위해 비겁하지 않았다!"

열일곱 살 어린 나이의 강병구는 두 발을 다쳐 중환자 아지트에서 누워 치료받던 중 체포되었다. 지서에 끌고 간 경찰은 그의 나이가 너무 어린 걸 동정했다.

"너는 어리고 죄가 없으니 정보를 제공하면 살려주겠다."

그러나 강병구는 경찰의 회유를 거부하였으며 경찰이 어린 애라고 느슨하게 놔둔 사이에 책상 위에 놓인 수류탄을 집어 안전핀을 뽑았다.

"나에게 나 혼자 살기 위해 조국과 인민을 배반하고 자기 대오를 팔라는 놈은 누구인가? 이 더러운 개놈들아. 내 비록 나이 어리지만 나 혼자 살기 위해 더러운 반역자가 되지는 않을 것이다."

강병구는 외치며 수류탄을 폭파시켜 자신과 함께 경찰 4명을 죽이고 7~8명에게 부상을 입혔다.

여성 유격대원들의 결의도 대단했다. 군 여성동맹위원장 강영임은 민가에서 공작을 하고 돌아오다가 쫓겨 포위되자 수류탄을 들어 핀을 뽑고 가까이 오면 터뜨린다고 위협했다. 이에 토벌대가 당황해 달아나자 그 틈을 이용해 빗발치는 총알을 피해가며 뛰었으나 또다시 포위되었다. 토벌대가 투항하면 살려준다고 했으나 강영임은 외쳤다.

"이 개놈들아, 내가 너희들에게 손들 것이 아니라 너희들이 오히려 총을 놓고 조국을 위해 인민의 편에 서라!"

강영임은 말을 마치고 쥐고 있던 수류탄을 놓아 자폭해버렸다.

역시 여성대원인 김상숙은 산중 아지트가 포위되어 달아날 길이 막혔다. 토벌대가 투항하면 살려준다고 하자 김상숙은 외쳤다.

"너희는 미 제국주의 무력침공자의 충실한 앞잡이로 개질하는 놈들 아니냐? 그런 개놈들하고 나는 말할 수 없다. 나에게는 다만 조국과 인민을 위해 투쟁하는 길밖에 없다. 죽이려면 죽여라!"

그러고는 '공화국 만세!'를 외치다가 총탄세례를 받고 죽었다.

비극적이고 영웅적인 죽음만 있는 것은 아니었다. 빨치산은 전투가 소강상태일 때면 오락회나 체육대회를 열기도 했다. 이런 시간이면 그동안의 전과를 보고하고 훈장 수여, 지휘관의 격려사가 이어지기 마련이었다.

1951년 6월 25일, 경남도당 산하 전 빨치산 부대원은 이날을 '위대한 조국해방전쟁 1주년 기념일'로 명명하고 다 함께 모여 기념식과 오락회를 열었다.

오락회에 앞서 먼저 열린 경험교환회에서는 삼면이 포위된 위급상황 속에서 대담하게 총을 난사하며 빠져나온 이야기부터 수류탄 세 개로 국군 30여 명을 살상한 경험담이 이어졌다.

오락회가 시작되자 각 부대원은 부대별로 연습한 박자 소리에 맞춰 합창, 독창, 민요, 춤 등 다양한 장기자랑을 벌였다. 빨치산은 손바닥으로 박자를 맞추는 걸 기술박수라고 불렀는데, 갖가지 재미있는 춤에 이르러 이는 최고조를 이뤘다. 재능 많은 대원은 엉덩이를 묘하게 흔들며 추는 궁둥이춤, 꼽추처럼 등에 옷을 집어넣고 추는 곱새춤 등을 추었고 해학스러운 각종 가면을 쓰고 나와서 연극을 했다. 노래에 맞춰 추는 한강수와 노들강변 춤은 모두를 흥겨운 어깨춤으로 들썩이게 했다.

오락회 심사 결과, 모든 부대가 우열을 가릴 수 없는 점수가 나와 씨름으로 최종 승부를 가리기로 했다. 각 유격부대는 대표 5명씩 나와 씨름을 벌였는데, 오락은 일부러 동점을 주었지만, 씨름은 진짜 대결이었다. 환호성과 탄식 속에 연거푸 승패가 갈린 끝에 102부대가 우승했다.

오락회가 열린 날만큼은 다들 전투의 고난을 잊고 흥겨운 하루를 보냈다. 그러나 전반적인 상황은 점차 나빠지고 있었다. 밀물처럼 내려오던 중국군은 충청북도 언저리에서 저지당하고, 다시 38선 근방으로 후퇴해 기나긴 공방전에 들어갔다. 남부 산악지대의 빨치산은 희망도 없는 고립무원의 상태에 빠져들어 갔다.

안재성

1960년 경기 용인 출생.

광주민주화운동과 관련하여 계엄포고령 위반으로, 광산노동운동과 관련하여 국가보안법 위반으로 옥살이를 했다.

장편소설『파업』, 『황금이삭』, 『경성트로이카』 등을 썼으며 이현상, 이관술, 박헌영 등에 대한 인물평전과 부산지역 생존 빨치산 구연철 생애사 『신불산』을 썼다.

노동운동 기록으로는『청계 내 청춘』, 『한국노동운동사』 등이 있다.

이념대립으로 가려진 역사와 인물들을 복원하는 일에 열정을 다 하고 있다.

:: 산지니 · 해피북미디어가 펴낸 큰글씨책 ::

문학 ———————————

해상화열전(전6권) 한방경 지음 | 김영옥 옮김
유산(전2권) 박정선 장편소설
신불산(전2권) 안재성 지음
나의 아버지 박판수(전2권) 안재성 지음
나는 장성택입니다(전2권) 정광모 소설집
우리들, 킴(전2권) 황은덕 소설집
거기서, 도란도란(전2권) 이상섭 팩션집
*2018 이주홍문학상 선정도서

폭식광대 권리 소설집
생각하는 사람들(전2권) 정영선 장편소설
삼겹살(전2권) 정형남 장편소설
1980(전2권) 노재열 장편소설
물의 시간(전2권) 정영선 장편소설
나는 나(전2권) 가네코 후미코 옥중수기
토스쿠(전2권) 정광모 장편소설
*2016 세종도서 문학나눔 선정도서

가을의 유머 박정선 장편소설
붉은 등, 닫힌 문, 출구 없음(전2권)
김비 장편소설
편지 정태규 창작집
*2015 세종도서 문학나눔 선정도서

진경산수 정형남 소설집
노루뚱 정형남 소설집
유마도(전2권) 강남주 장편소설
*2018 대한출판문화협회 청소년도서

레드 아일랜드(전2권) 김유철 장편소설
화엄의 탑(전2권)
후루카와 가오루 지음 | 조정민 옮김
감꽃 떨어질 때(전2권) 정형남 장편소설
*2014 세종도서 문학나눔 선정도서

칼춤(전2권) 김춘복 장편소설
목화-소설 문익점(전2권) 표성흠 장편소설
*2014 세종도서 문학나눔 선정도서

번개와 천둥(전2권) 이규정 장편소설
*2015 부산문화재단 우수도서

밤의 눈(전2권) 조갑상 장편소설
*제28회 만해문학상 수상작

사할린(전5권) 이규정 현장취재 장편소설
테하차피의 달 조갑상 소설집
*2011 이주홍문학상 수상도서

무위능력 김종목 시조집
*2016 부산문화재단 올해의 문학 선정도서

금정산을 보냈다 최영철 시집
*2015 원북원부산 선정도서

인문 ———————————

파리의 독립운동가 서영해 정상천 지음
삼국유사, 바다를 만나다 정천구 지음
대한민국 명찰답사 33 한정갑 지음
효 사상과 불교 도웅스님 지음
지역에서 행복하게 출판하기 강수걸 외 지음
재미있는 사찰이야기 한정갑 지음
귀농, 참 좋다 장병윤 지음
당당한 안녕-죽음을 배우다 이기숙 지음
모녀5세대 이기숙 지음
한 권으로 읽는 중국문화
공봉진 · 이강인 · 조윤경 지음
*2010 문화체육관광부 우수학술도서

차의 책 The Book of Tea
오카쿠라 텐신 지음 | 정천구 옮김
불교(佛敎)와 마음 황정원 지음
논어, 그 일상의 정치(전5권) 정천구 지음
중용, 어울림의 길(전3권) 정천구 지음
맹자, 시대를 찌르다(전5권) 정천구 지음
한비자, 난세의 통치학(전5권) 정천구 지음
대학, 정치를 배우다(전4권) 정천구 지음